床上的愛麗思

Alice in Bed

蘇珊·桑塔格 著

黃翠華 譯

唐山出版社

國家圖書館出版品預行編目資料

床上的愛麗思／蘇珊·桑塔格（Susan Sontag）
著：黃翠華譯 . --初版 ...臺北市：唐山，民90
　　面；　公分 ...（當代經典劇作譯叢；19）
譯自：Alice in bed：a play in eight scenes

　ISBN　957-8221-66-5（平裝）

874.55　　　　　　　　　　　　　　90011563

當代經典劇作譯叢⑲
床上的愛麗思
Alice in Bed
作者　蘇珊·桑塔格
Susan Sontag
譯者　黃翠華
主編　鴻鴻
執編　祁怡瑋、陳仕哲、謝之馨
贊助　國家文化藝術基金會
出版發行　唐山出版社
地址　臺北市大安區羅斯福路三段333巷9號B1
電話　02-23633072　傳真　02-23639735
郵政劃撥　0587838-5　唐山出版社帳戶
E-mail:tonsan@ms37.hinet.net
登記證　局版臺業字第1832號
印刷　國順印刷公司
電腦排版　普林特斯資訊有限公司
初版　民國90年06月
定價200元

目 錄

當代經典劇作譯叢總序

鴻鴻

說白了吧，在臺灣，沒人認真把劇本看作當代文學的一回事。劇本，尷尬地擠在文學門類的角落，也擠在當代劇場藝術的角落。對多數文學讀者而言，劇本不過是搞劇場那幫人的工具；對劇場人來說，這工具又未必稱手。在學術界，我們勉強有些戲劇研究，但幾乎找不到幾個劇本可讀。

在二十世紀西方，劇本的命運也頗多波折。五、六〇年代荒謬劇場的作者極端注重舞臺上「看見」的事物，從把人埋過頸部的土堆到滿臺空椅子，貝克特甚至寫出了無言劇，語言這在傳統劇文中唯一的表達工具遭徹底摧毀。這是劇本文學的末路，也是絕大轉機。六八年革命後，集體創作和導演劇場盛行，他們向阿爾多的殘酷劇場理論借火引燈，大量啟用自創或原非為演出寫作的文本，多方革新了劇場中語言使用的習性。這場風暴之後的劇作家，開始用嶄新的態度面對語言的運作，以爭取新一代劇場人與觀眾的目光，進而繼續參與永未完成的劇場實驗。這些獨樹一幟的文本，更經常成為推動文學潮流的尖兵。當我們看到喬伊斯、昆德拉、漢德克、貢布羅維奇、莒哈絲、薩洛特、桑塔格、乃至薩拉馬戈等諸多當代重要文學家都有劇作名世，當可明瞭，劇本固然不如小說那麼具親和力，

但他們也並非在從事一項過時的手藝。

不同的劇場表現手法也發掘出新的隔代經典，被埋沒的劇作家出土、名劇作家遭忽略的冷僻作品終得另眼相待，許多以傳統觀念難以搬演的「書齋劇」也重獲新生。是啊，如果海納‧穆勒艱澀的劇作都可以上演，歌德與克勞岱又何難之有？──難當然難，但君不見，當代劇場渴望的不就是能拓展劇場表現幅度與深度的觸媒？

在這樣的景況下，我們當然倍覺，在行將進入二十一世紀之際，國內對於重要戲劇文獻的譯介仍過於貧瘠。戲劇風氣雖日漸普及，但無論是學院教學、劇團演出、乃至業餘創作者自行研習，都有難尋中文參考資料之苦，對當代世界戲劇潮流因而也多流於一知半解、人云亦云，自無法奢談消化、吸收、翻新。就翻譯劇本一項，品特之後，就是一片荒原，不知有漢，無論魏晉；其實品特之前也是掛一漏萬，亟待補強。國內最近一批有計畫出版的翻譯劇本系列，是顏元叔主編的「淡江西洋現代戲劇譯叢」，距今已經三十年。著作權法施行之後，翻譯成本與困難度提高，眼看小眾出版更走投無路。1994年起，我和幾位朋友成立的密獵者劇團，藉演出引介一些當代觀點下的重要劇作，但速度終嫌緩慢，不加以出版更難有累積，這套譯叢的想法於焉誕生。感謝國家文化藝術基金會的慨與補助，唐山出版社一秉向來印行基進著作參與社會改革、建設之理想，支持編務，這一艱鉅任務才得以實現。

「當代經典劇作譯叢」初步規畫 20 冊──這離我們

的想像當然遠遠是不夠的，於是又訂了幾個考量的標準：

1.選擇國內一般讀者不熟悉的重要作品或作者，以從未中譯出版者優先。

2.在上一個原則下，鑑於國人對英美劇場接觸較多，首批叢書以歐陸作品為主。

3.未必全為二十世紀作品，唯須深具現代精神。

4.規模與題材適合搬上今日舞臺。

5.適合作為學院教材，甚或可以成為改變原有課程觀點的有力物證。

6.形式或內容為當前臺灣劇場及文學創作所罕見者。

在執行時，儘量從原文直譯新譯，但限於人力，如已有優秀的大陸譯本，亦斟酌採用，但必經詳加審定。原本設想要兼顧作者選集與主題合集兩種編輯方式，但由於各個原出版社對於翻譯權益金與對出版形式的要求不同，每冊體例和篇幅不盡能完全統一，要先請讀者諒察。

臺灣劇場自八〇年代起即充滿運動性格，視語言如大敵，拋棄文本蔚為風尚，卻猶未摸索出成熟的肢體語彙；娛樂取向的偌大劇場迴盪的，又都是不假思索便利取用的大眾化語言。兩極之間，鮮有人對劇場中語言之為用，作深入思索或大膽實驗，文學創作者又不得其門而入。期待這套叢書能提供啟發、借鏡，成為化解僵局的一帖催化劑。與其說是什麼文獻、什麼「經典」，我們更願意將之

視作上一場運動的延續，甚至，一個新的開始。

出版說明

　　一九三三年出生於紐約市的蘇珊・桑塔格（又譯宋妲）是美國深具影響力的知識份子。除了寫作評論和小說外，她也著迷於電影及劇場。一九七〇年起，她遊走瑞典、以色列、和義大利等地編導了四部電影。至於劇場，則是她自幼熱中參與的活動。一九九三年，她在南斯拉夫分裂戰爭中的危城塞拉耶佛導演了貝克特的《等待果陀》，引起國際注目。

　　《床上的愛麗思》則是她迄今唯一的劇作，起因於一九七九年她在羅馬導演皮藍德婁的劇作時，女主角問她，可否創作一齣讓女主角一直待在台上的戲？桑塔格當即構思出了劇情，但直到十年後才落筆寫成。劇中不但援引「莎士比亞的妹妹」的概念，請出文豪亨利・詹姆斯真正的妹妹作主角，還連結到夢遊仙境的愛麗思，並請出多位十九世紀舞臺上和現實裡的著名女性同台辯詰，堪稱一篇用劇場寫作的精彩女性（主義）論文。一九九三年，羅伯・威爾森在柏林導演此劇，引起轟動。

　　近幾年，桑塔格的小說與重要論述陸續出版了中譯。這個匯集她諸多關心主題的劇本，也是瞭解這位才女全面成就不可或缺的一環。

心智與身形的拉鋸

周慧玲

　　《床上的愛麗絲》作者蘇珊・桑塔格（Susan Sontag）
為美國當代最重要的藝術評論家、文化批評者、小說家與
電影編劇。早在六十年代中，桑塔格便以小說奠定她在美
國文學界的位置，她同時寫過幾部實驗電影劇本，並持續
有關文化批評的著述，她論述範圍之廣泛，從疾病隱喻而
跨界攝影、色情文學、法西斯美學等不一而足。一九七三
年桑塔格編輯《亞陶作品選》（*Antonin Artaud：Selected
Writings*）並為之作序，她的序言不僅是戲劇理論的必
讀，也成為文學理論的經典作之一。桑塔格同時也是羅
蘭・巴特著作重要的英譯編輯。有趣的是，這樣一位專事
文學評論與藝術論述的人物，卻於一九九〇年宣稱從此專
注文學創作，不事評論。接著在一九九二年和一九九九兩
年，桑塔格出人意表地創作並出版了兩本著名的全國暢銷
小說《火山愛人》（*The Volcano Lover*）、《在美國》（*In
America*）。《床上的愛麗絲》是桑塔格目前唯一的劇作，
於一九九一年寫成並在波昂首演，劇本則於一九九三出
版。

　　《床上的愛麗絲》是一齣頗具爭議的劇作。作為一位
重量級作家較晚期的作品，《床上的愛麗絲》劇中人物象
徵意義強烈、語言簡潔精練、戲劇動作緊密且出人意表，

猶如桑塔格重要論思的戲劇展現。但另一方面，劇評們也據此批評《床》的戲劇人物象徵性過強、人物的語言批判色彩更是遠遠超越其戲劇功能，《床》劇與其說是部劇作，不如說是桑塔格藉以論述「想像既可解放亦能拘禁人類靈魂」概念的傳聲筒。這樣的褒貶，難免令人想起藝術領域的老問題：究竟理論傳遞與戲劇創作是否能兼顧？或者，《床》劇並未按照一般對戲劇的期待而創作，因此透露和評論者相左的戲劇企圖？

桑塔格說，她一生都在準備、釀思一個關於女性的哀傷與悲痛的劇作，《床》的主旨也確實關乎一群飽受社會壓抑與道德扭曲的悲憤女性。《床》劇主角愛麗絲・詹姆斯真有其人，即十九世紀末美國大文豪亨利・詹姆斯（Henry James）以及著名心理學家威廉・詹姆斯（William James）的妹妹。但在此劇中，愛麗絲則是虛實的結合：《床》劇中的愛麗絲，既是這位出身顯赫世家的愛麗絲・詹姆斯，又影射另一位十九世紀的著名的愛麗絲——英國作家卡洛（Lewis Carroll）筆下童話故事《愛麗絲夢遊仙境》的女主角。現實世界的愛麗絲・詹姆斯，十九歲時便罹患憂鬱症，四十四歲死於癌症，一生中大多數的時間都困頓病榻；相對於詹姆斯家族中各各名噪一時的男性成員們，愛麗絲・詹姆斯因病的困頓以及長期的歷史缺席，猶如這個顯赫家族中的一縷幽魂。桑塔格筆下劇中的愛麗絲，表面上是個飽受憂鬱症之苦而困坐愁城的女人，但她因病而殘而無以為力的徵候，其實還隱喻著因為社會價值的壓抑

而導致的不得已的女性沈默。在處理這樣一位典型的維多莉亞時代女性時，《床》劇並沒有採取希臘悲劇那種氣勢磅礴的叫囂口吻，為女性的弄人造化痛哭流涕，卻是帶著詼諧冷嘲誇張的經典面具，以一種既自覺又疏離的高姿態，向世人展示壓抑女性的千姿百態。夾帶感傷的冷嘲熱諷、機智尖銳的語言遊戲，幾乎是這齣帶有歷史翻案意味的戲劇作品的基調。

《床》劇八景中，病床幾乎是每一景的背景道具，它既是女主角的依靠，也是她身心的束縛。拉開全劇序幕的第一景是個暗場，在黑暗中，愛麗絲無賴又無奈地與護士鬥嘴爭執，她無法下床究竟是主觀意志作祟，抑或客觀病況不許；僅只是八句簡短的對話，桑塔格在這個序場裡，快速地建立全劇的衝突基調，其手法與觀點，不免令人想起她有關疾病與隱喻的著名論述[1]。如果《床》劇中的憂鬱症是維多莉亞女性身心備受壓抑的隱喻，它的功能毋寧是用來顛覆另一個隱喻，也就是十九世紀女性的憂鬱症，是如何地被泛道德化地被曲解為女性頹靡意志的隱喻。

《床》劇第二景，四十歲的愛麗絲在過度矯飾的維多莉亞式病榻上掙扎，她伶牙俐齒地自嘲自戀自己的容顏與

---

[1] 《疾病的隱喻》（ *Illness as Metaphor and Aids and Its Metaphors* ，1990）主要指出，在人類歷史中，有些疾病，如中古時期的黑死病、現代的癌症與愛滋病等，往往被賦予隱喻，以致於疾病的隱喻，遮掩疾病的本身，造就的偏見也因而誤導人們對疾病的認識。

才智，並且故意刻薄地扭曲親人的關愛。例如，當愛麗絲的護士勸她起身以迎接與她最親的哥哥亨利的來訪，愛麗絲冷嘲熱諷地回應：「我想他是希望看到我待在床上。」「那樣他才能確定我安分地待在我該待的地方」（That way he knows where I am. I'm in my place.）。愛麗絲一方面諷刺病榻才是她的所在，另一方面又將她臥病在床的事實，翻轉比喻為社會對女性的排擠與邊緣化。又，愛麗絲攬鏡自照時，和護士的一段對白，也進一步彰顯她拒絕屈從時代價值的企圖：

> 愛：我對自己的外表實在沒有什麼不滿意的地方。
> 護：別那麼自大！（取過愛手中的鏡子自照）人啊，永遠有值得改進的地方。
> 愛：同意。
> 護：女人呢，也總是可以把自己打扮得更有吸引力。
> 愛：我指的不是那種改進！（不安地輾轉起來）你何必這樣誘惑我？

在這段對話中，一方追求個人的自足，另一方卻時時關注他人的眼神；愛麗絲的自持，與維多莉亞時期普遍的女性價值觀相左，這是她的天賦也是她的悲劇。

第三景裡，年輕的愛麗絲在憂鬱症初發作時，和父親有一段近乎血肉模糊的殘酷對話。在父親的書房裡，愛麗絲努力找機會與父親說話，然而，他不是太忙，就是心不

在焉地肯定愛麗絲,直陳他既不曾囚禁愛麗絲的心智發展,更不曾禁止她悠游父親的圖書館讓她如其他兄弟一般任意飽覽知識。這番回答似乎顯示父親的寬容和與眾不同的教養,但那樣獨特的教養,卻又是如此地威權專斷,反而倒成為愛麗絲的無言壓力,令她難以啟齒自己的問題。當愛麗絲終於切入提問,自殺是否是被允許時,父親卻娓娓細數愛麗絲這個唯一的小么女,才智排名雖在亨利與威廉之下,卻也是在其他兩個兄長之上,如此才女不當埋沒於家庭,更不應擔心自己的才智將威脅平庸的男人而退縮。父親寬容地告訴愛麗絲,為她欲為,只是輕柔為之,莫令親人哀傷。這樣地以自信自覺要求於愛麗絲,究竟是開放?抑或另一種壓抑?如此嚴格的自律,究竟回答了年輕的愛麗絲,還是從此斷絕愛麗絲對溫情的渴求而註定言語尖銳情感脆弱呢?

第四景在時序上,接替第一、二景,愛麗絲與她最敬愛的哥哥亨利‧詹姆斯的親密對話。這一景頗有後設的況味,因為有些對話內容是愛麗絲亡故後,亨利對她的悼文。不僅如此,此景許多雋永的對白,彰顯兩顆智慧的心靈,那種對話,非但不是日常生活的對話,更像是兩個詩人的互相剖白。這又並非全是桑塔格個人的臆測。事實上,九〇年代陸續出土出版的愛麗絲‧詹姆斯的信件與日記,引起英美文學界很大的回響,因為人們從這位久臥病楊無以為力的女人的文字間,不僅僅只是獲得一些有關詹姆斯家族的歷史註腳,更明顯地看到一個文思尖銳才情洋

溢的不凡女子的再生。桑塔格正是閱讀了部份著作後,興起了寫作此劇的念頭。

在《床》劇中,愛麗絲和亨利的對話透露著,亨利雖然對這位妹妹百般呵護與愛憐,但是我們也可以嗅到他努力隱藏的女性歧視。例如,他總是「小鴨子、小烏龜」地暱稱愛麗絲、他總是婉轉迴避愛麗絲對她自己的尖苛質疑、他還總是對愛麗絲以病人待之,而未必真的相信憂鬱是愛麗絲無可避免的悲劇命運以及實踐她的不凡詩才的唯一途徑。有趣的是,病榻中的愛麗絲,言辭尖銳苛刻,卻又總是以這樣的誠實坦蕩自覺,而顯得略勝亨利一籌。例如,亨利婉勸愛麗絲打消自殺念頭時,兩人有一段對話如下:

> 哈利(亨利):你不需顧慮我們會哀痛。(強忍淚水)真的不需要。何況,你絕對值得比我們都活得更久。只要你意願。
>
> 愛麗絲:只要我「願意」…是啊,以前也有人對我這麼說。
>
> 哈利:其實就是一種自我尊重。
>
> 愛麗絲:可惜我沒有「意願」。
>
> 哈利:你在玩文字遊戲,親愛的。

為了安慰亨利不讓他傷心,愛麗絲索性譏諷地說:「我可是個女人,女人的天職就是安慰男人,那怕是在床

上——我是說在病床上、往生床上、產檯上，或者是對那個躡手躡腳地走到她的床邊要來安慰她的男人，也不能例外啊，不是嗎。」

劇中愛麗絲的文才，或許是來自於桑塔格閱讀愛麗絲書札的印象，或許是出自桑塔格本身，無論如何，這個角色清楚地回應了距離愛麗絲半世紀之遙的吳爾芙（Virginia Woolf）的著名提問：如果莎士比亞真有個妹妹，如果她和愛麗絲‧詹姆斯一樣，有幸進入父執的知識殿堂，那她的文采極可能一如愛麗絲‧詹姆斯般，遠甚於她名滿天下的哥哥。只是，正因為她的傑出僭越，社會許她的位置，不在文壇，卻在病榻。愛麗絲和吳爾芙一樣，同受憂鬱症之苦，父親的尊重讓愛麗絲無所選擇地繼續活著，吳爾芙則選擇自殘；前者永遠埋名，後者成就非凡。父兄的愛，莫非弔詭地成為愛麗絲歹活沈默的宿命？桑塔格在重新書寫這對兄妹的對話時，並沒有以寫實的手法假裝回到十九世紀末的事發現場，而是以後設的位置，讓兩人生前死後的話語交錯放置；這種時間空間錯置的手法，並不意圖解決吳爾芙假設的女性歷史公案，而是讓吳爾芙的提問，問題化、複雜化，而難以單一結論了之。

《床》劇第五景的茶宴場景，桑塔格自言是《愛麗絲夢遊仙境》中瘋狂午茶的自由聯想，而此景也咸認是全劇的最重要的一景。病榻上的愛麗絲來了四位同樣是維多莉亞時期的美麗訪客：美國最早的女性駐外通訊記者與期刊編輯弗勒（Margaret Fuller，1810～1850）、美國女詩人荻金

森（Emily Dickinson，1830～1886）、以及另兩位舞台女角
——華格納歌劇《帕西法爾》（*Parsifal*）中的因羞愧而終
日昏睡潛伏黑夜的女巫昆德麗（Kundry）、《吉賽兒》
（*Giselle*）芭蕾舞劇中掌管失戀早逝的年輕女性幽魂的幽靈
之后梅塔（Myrtha）。四位訪客原本是來安慰愛麗絲，予
她忠告，然而她們非但沒有辦法勸阻愛麗絲，反而和愛麗
絲抽大煙、徜徉於無邊的冥思幻想中，她們或辯論生命的
哲學，或嘲弄批評彼此的遭遇。

　　桑塔格招來這場世紀午茶的目的，並不是天真膚淺地
要讓這四位十九世紀的名女人教導愛麗絲如何反擊。事實
上，她們也和終年臥病床上的愛麗絲一般，各自受到不同
的圈圍與限制。例如，一生周遊各地的弗勒，四十歲那年
返航美國時海難亡故，她以亡靈的身分拜訪愛麗絲，孜孜
眷念生前種種，反襯愛麗絲對死亡的著迷憂鬱；弗勒告訴
愛麗絲，生前，她咄咄逼人令人難堪，死後，她銷聲匿跡
讓人安眠，過早的死亡，是這位前衛女性的圈圍。荻金森
三十歲後不再跨出家門一步，自我禁足以決斷與世人的交
往，她對死亡的興趣並不下於愛麗絲，她自我放逐並以此
圈圍自己。華格納筆下的昆德麗，到了愛麗絲的午茶聚會
上，也還是繼續沈睡；她的道德感與羞愧心，使她永遠無
法清醒，使她的身體與精神，深陷永恆的圈圍中。或者
說，昆德麗是被歌劇作家禁足於黑暗之地，永遠不復清
醒、無法得見天日。相對於荻金森與愛麗絲對死亡的感傷
迷戀，梅塔則是來自死亡國度的女性復仇者本身；她參加

愛麗絲的午茶，卻不能和她們並躺煙榻，因為她必須不斷地旋轉她復仇的舞步。梅塔看起來最活躍自由，但她冷酷的報復之心和那雙為了復仇而必須永遠旋轉的腳尖，卻反諷地成為另類圈圍。當然，復仇女神的旋轉腳尖之所以成為束縛的的另一個原因是，芭蕾舞向來被視為女性身形的極端壓抑扭曲。

《床》劇並沒有傳統戲劇的角色衝突，討論死亡甚至是全劇最主要的戲劇動作，或者說，躺在不同的床上——華麗的臥室、簡樸的病榻、阿芙蓉的臥褥——討論、辯證、嚼舌根，幾乎是全劇的重點和主要的戲劇動作，《床》劇的劇場效果難度可見一般。然而，第六景的瘋狂茶宴，十分巧妙地賦予舞台實踐極大的想像空間。當這五位女性聚首時，言語間她們詩情昂揚自嘲自許，而在身體表演上，她們有的端坐吟詩（荻金森）、有的臥地狂言（弗勒、愛麗絲）、有的點頭昏睡（昆德麗）、更有的忙碌地旋轉又旋轉，各有參差節奏。心智的飛揚，正以靜態的話語進行著，而受束縛的身體，卻以極度的動作操演著。從另一方面來說，弗勒、荻金森、昆德麗、和梅塔的角色建立，不能僅只依靠語言來建立其性格與心理；在有限的篇幅裡，劇場實踐者還必須援引這些角色的身形表演來豐富完成之。

午茶的狂歡、阿芙蓉的刺激，使得愛麗絲在第六景裡逃離身體的包袱、社會的限制，而想像力飛揚起來；在第六景裡，愛麗絲神遊她朝思暮想的羅馬，並和這個歷史古

城有一番對話。身體的圈圈，暫時得到紓解。而如果前六景中維多莉亞才女們的唇槍舌戰，讓觀眾讀者厭煩彼時中產階級女性不食人間煙火的言談，那麼第七景則猶如將前面天馬行空的形上言說，拉到最底層與基本的生活對照對談。在這一景裡，愛麗絲和一個小偷的對白，越發襯托愛麗絲才思雖敏卻過於脫離現實的處境。誠如桑塔格所言，想像力誠然賦予維多莉亞時期備受壓抑的中產階級女性，暫時解放的自由空間，然而對比基層的生活現實，她們的想像力不僅過於虛幻，甚至空泛不切實。想像力當然是不夠的。

《床》劇當然是一部女性主義的劇作。然而，桑塔格的世故，使得此劇雖犀利批判社會歷史對女性的壓抑，卻並不悲情地以血淚控訴，也不曾天真地承諾烏托邦的解放。愛麗絲的自嘲，猶如悲憤女性的自嘲，阿芙蓉煙霧裡的伶牙俐齒尖酸刻薄，不是在乞求哀憐，也不想令路人心身恐懼，而是在一場私密聚會裡，心靈智慧的極度交鋒，以及身體空間的極度耗弱與萎縮；前者是自主的展現，後者則是社會使然。心智與身形的拉鋸，是桑塔格對十九世紀女性知識份子的側寫，而愛麗絲‧詹姆斯的身體的敗壞，就像童話故事裡的愛麗絲總是發現自己的身體與世界格格不入一樣，不是太小便是太大。

周慧玲，美國紐約大學表演學研究所博士，現職中央大學英文系副教授。主要研究領域為二十世紀前衛表演理

論、性別論述與表演理論、戲劇電影表演文化比較。主
要活動為戲劇創作、戲劇評論。

床上的愛麗思

劇中人物

愛麗思‧詹姆斯（Alice James）
護士小姐
年輕男子

家人

父親
亨利（Henry）（即「哈利」（Harry）），她哥哥
母親

茶宴場景

瑪格烈‧弗勒（Margaret Fuller）
艾蜜莉‧狄金森（Emily Dickinson）
昆德麗（Kundry）
梅塔（Myrtha），威利斯國（Wilis）皇后

床墊二人組

MI（男人）
MII（女人）

時間

一八九〇年

地點

倫敦

（第三場戲為一倒敘或回憶，發生時地為再早二十年的
美國麻薩諸塞州劍橋市。）

第一場

全暗。（愛麗思的臥房。）

護士小姐的聲音
你當然起得來。

愛麗思的聲音
我沒辦法。

護士小姐
不肯。

愛麗思
沒辦法。

護士小姐
不肯。

愛麗思
沒辦法。喔。好吧。

護士小姐
現在想了。想要起來了。

愛麗思
先把燈打開。

第二場

　　愛麗思的臥房。維多莉亞風格的裝潢，陳設繁複。後方有一扇對開的法式格子門。法式躺椅，鋼琴。愛麗思——年約四十，長髮，孩子氣——在一張大型的銅床上，身上壓著一落（十張？）薄床墊；但頭部，肩膀和手臂可自由動彈。護士小姐，體型十分高大，身著類似床單質料的條紋制服，雙腿盤坐在頂上。

護士小姐
你要起來了嗎？這只是意志力的問題。

愛麗思
我想該打針了。

護士小姐
不要改變話題。

愛麗思
我沒有。是我的腿不聽使喚。

護士小姐
我知道時間。他四點會來。你喜歡討好他。要是看到你坐起來，坐在椅子上，他該有多高興啊。

愛麗思

我懷疑。我想他喜歡看到我待在床上。

護士小姐

怎麼可能？

（她跳下或是爬下。）

愛麗思

那樣他就知道我人在哪兒了。我在我該待的地方。

護士小姐

他們都有來看你。你哥哥。你朋友。

愛麗思

那些朋友是好奇。他們想知道我是不是還活著。他們一直在等。我讓他們失望了。

護士小姐

你不想去看看他們嗎？懶骨頭。難道你一點也不好奇嗎？這個房間你還沒待夠嗎？

愛麗思

走出去。聽他們的勸告，去看看外面的世界。

護士小姐

對。

愛麗思
我從這兒看得更清楚。

（燈光明滅不定）

護士小姐
不要誘惑死神。

愛麗思
這正是我想做的。誘惑死神。你可以告訴我為什麼死神這麼耐得住誘惑嗎？真夠頑固的。

護士小姐
如果你上點粉和胭脂口紅的話，或許可以吧。你可是個女人，你知道。

愛麗思
我看起來很嚇人嗎？你說。

護士小姐
我不想讓你難過。

愛麗思
你說。

（護士小姐從某個抽屜裡取來一把鏡子——鏡片鑲在橢圓的木框裡，下有鏡柄，義大利風的製品，鍍金處理、綴飾繁複——她把它放進愛麗思的手中。）

我的鏡子。

護士小姐
你當然有鏡子囉。

愛麗思
順便告訴你，這是莎拉・伯恩哈特①用過的鏡子。你知道這件事嗎？我有沒有跟你提過？

護士小姐
我沒看過戲。

愛麗思
你該去看看。也有不貴的票。就算坐在三樓還是可以看到整個舞臺。

護士小姐
我沒那個時間。

---

①Sara Bernhardt，1844-1923，著名的法國女演員，嗓音優美，表情動人。曾自組劇團赴各地表演，因而享譽國際。熱愛演藝生涯，即使晚年右腿慘遭截肢，亦仍堅持演出坐姿角色。

愛麗思

沒人請你看過戲嗎？找個年輕小伙子陪你，你該找個年
輕小伙子一起去。

護士小姐

等哪一天吧。

愛麗思

幫我。

（護士小姐搖鈴。MI和MII——身穿白色水手服——進
場將床墊移開，並將之堆在舞臺後緣。）

護士小姐

這樣好多了。

（床墊移開後，護士小姐在愛麗思頭後方放了三個靠
枕，讓她在床上坐起來。之後，愛麗思繼續觀察鏡中的
自己。MII出場；MI留在床墊附近。）

愛麗思

我想我對自己的外表還算滿意。

護士小姐

別那麼自大。

（護士小姐將鏡子拿過來端詳起自己。）

總有些值得改進的地方嘛。

愛麗思
那當然。

護士小姐
女人總有辦法把自己打扮得更吸引人一些嘛。

愛麗思
我不是說那種改進。（開始扭動不安）你為什麼要這樣誘惑我？

護士小姐
我是在幫你，你這個沒有媽的可憐孩子。

愛麗思
你知道我說過莎拉·伯恩哈特什麼嗎，你知道嗎？（益發激動）她是個道德瘡疤，疤口上還流著一種叫作虛榮的膿水。我真的這樣說過。

護士小姐
要我彈些音樂嗎？

愛麗思

噢，噢。

護士小姐
親愛的……

愛麗思
我又開始胡思亂想了。（強烈翻滾）噢，噢……

（護士小姐坐在鋼琴前，開始演奏歌劇《帕西法爾》
（Parsifal）裡的片段。）

可能又需要把床墊壓在我身上了。在哪兒？不。我看見
自己帶了一把刀──不對，是一本很厚很重的書。我看
見他的腦子從頭殼裡翻滾出來。他那黑色的愛爾蘭腦
子。

（護士小姐對MI比了一個手勢，MI從躺椅旁桌上所放置
的黑色袋子裡取出注射筒，給愛麗思打了一針。）

對，是我做的。我不在乎。讓他們都來恨我吧。管他們
難過還是好過──煩死了。讓他們恨我吧。噢，舒服下
來了。（她動作遲緩了下來）真舒服。

（護士小姐仍舊彈著琴。燈光變暗。愛麗思進入夢鄉。
燈光極暗。多留數秒音樂至燈光全暗。）

第三場

　　一個年輕一些的愛麗思身著白色連身長裙，站在舞臺中央的燈束裡。燈光逐漸擴散開來，照亮了父親的書房。除了書，還是書。父親在一個梯子上。

愛麗思
爸爸。

父親
再一分鐘。

愛麗思
爸爸。

父親
一分鐘就好。

（他笨拙地從梯子上下來，身姿僵硬地走向書桌，然後在他的高背椅上坐下。）

愛麗思
爸爸。

父親

怎麼了，親愛的。

愛麗思

爸爸。

父親

我有在聽呀，愛麗思。雖然我在忙。

愛麗思

爸爸。

父親

孩子，要講理呀。我百忙中抽空陪你。而且要我陪你多久就陪你多久。

愛麗思

爸爸。

父親

我在聽呀。我在耐心地聽。

愛麗思

爸爸。

父親

我坐下來了。已經就定位要聽你說話了。

愛麗思
爸爸。

父親
要你把事情講出來，不是難事吧，對不對？我們一家口才都非常好。我，還有你的四個哥哥。你本來讓我覺得很驕傲的，愛麗思。我敢說，我們都互相感到很驕傲。我們一家。

愛麗思
爸爸。

父親
你是最小的。小寶貝。我們的小女生。

愛麗思
爸爸。

父親
我的孩子聰明多話。吱吱喳喳，咿咿呀呀個不停。你們老愛向你們老爸問東問西。好奇的幼小心靈。有些深奧字眼，你們甚至在還沒弄懂的時候，就開始用了。

愛麗思

爸爸。

父親

你覺得無聊嗎，親愛的。我沒有把你限制在瑣碎的女人世界裡。我對你跟我對你哥哥們一樣，我讓你自由使用我的藏書。

愛麗思

爸爸。

父親

你太狠心了，親愛的。要逼我發脾氣嗎？（*停頓*）你讓我想起了你媽。

愛麗思

爸爸。

父親

（*冰冷地*）她也可以用沈默把我給逼瘋。假如你對我有什麼指責，就行行好大膽說出來吧。

（《*帕西法爾*》的音樂從後台傳來。）

愛麗思

我非常不快樂，媽媽。

父親

你爸爸，親愛的。我是你爸爸。

愛麗思

我非常不快樂，爸爸。

父親

你想問我什麼？

愛麗思

想了結自己的生命是不是，嗯，是不是不對的？

父親

你為什麼要讓那些愛你的人傷心呢？讓我們這麼擔心是不對的。

愛麗思

我已經努力過了，爸爸。

父親

假如你還能盡任何一絲努力的話，就沒有任何理由去打斷你的努力。

愛麗思

爸爸，我已經爬到樹葉外頭去了，不能再更高了。

父親

在我看來，親愛的，你甚至還沒有開始發揮你可觀的才華呢。我們這一家超凡出眾，而你呢，你知道我可不是喜歡隨便捧人的那種人，你並不是天份最差的。我的五個孩子裡，論聰明才智，你數第三。你聽到我說的嗎？雖然沒你其中兩個哥哥聰明，但也勝過另外兩個哥哥啊。這種居中的位置在幾乎所有家庭裡都可說是一種獨一無二的天賦。

（這時愛麗思已走到了梯邊，並爬上了幾格。她在高層書架處仔細翻閱那兒的藏書，並伸手抽出一本——像磚塊一樣厚重的書——之後便慢慢地爬下來。）

你只需要下定決心運用你的才能，眼前就會開展出非凡的成就。就算你是女人也一樣。對，我想家庭主婦不頂適合你。你得善用你敏銳的心。盡管發揮，別怕會威脅到男人。

（愛麗思站在他身後，把那本書舉在他頭上。父親回頭看了看，露出笑容，然後伸出一隻手。她把書放在他的手中。）

好重的一本書。我都忘了。第三冊。你想借嗎？

（愛麗思搖頭。）

它很有意思。而且我知道你喜歡去讀一些超越你程度很多的書。你像你那些哥哥一樣，三歲的時候就開始看書了。

愛麗思

爸爸，我剛剛跟你怎麼說的？

父親

是指你不快樂，還是指你不想借那本書？

愛麗思

聽我說，爸爸。沮喪是我的一種常態。

父親

那是藝術家口裏說的。也許你是一個藝術家。

愛麗思

藝術家要能完成些什麼。

父親

可憐的孩子。那樣的天分。我們的天分，家族的天分。我可以做什麼？你當真要我，要我答應你。

愛麗思

你知道我要什麼。

父親

可是你不努力去要一些別的。

愛麗思

我這麼不快樂，爸爸，你不覺得特別嗎？

父親

再努力看看。用不同的角度去看事情。隔著一點距離去看。

愛麗思

距離。

（愛麗思開始往舞臺後緣移動。）

父親

女兒，我要告訴你一個秘密。

愛麗思

秘密？

父親

實際所發生的事裡頭，沒有一件是重要的。

（愛麗思停了下來，面露訝異狀。）

愛麗思
沒有一件？

（父親轉身背向觀眾，旋開固定他右腿的螺絲，然後再轉身回來，手中揮舞著那條義肢。或者：讓他拿起一把榔頭，朝著自己的右腿敲下去——聽到啪的一聲——顯示它是木頭做的。）

父親
你看這個木製的新發明可以當我的腿用。我以前常在想：有兩條真正大人的腿會是什麼樣子，那時候我還是個小孩，可是現在我已經不感到好奇了。我離開之前的人生道路太遠了，已經望不見它了。

（燈光開始變暗。父親匆忙伸手至書桌抽屜內，取出一副礦工用的頭燈，將之安在前額。此刻除了父親頭上晃動的光束，場內全然昏暗。）

愛麗思？

愛麗思
爸爸。

父親
噢，不。我受不了。你在哪兒？我看不見你。

愛麗思

在這兒，爸爸。你以前說故事給我聽。你把我背在你的肩膀上。

父親

是啊。我算不算一個壞爸爸？我告訴你要自己獨立思考。不是一個壞爸爸。我沒有叫你去玩洋娃娃，沒有叫你把書讓給哥哥。我沒有把手伸進你的裙子裡，然後叫你不要告訴媽媽。

（經由礦燈的光束發現愛麗思在舞臺後緣的一個鞦韆上，由MI推著；MII則隨侍在旁。燈亮。）

我問你一些問題，對你表示關心。

愛麗思

這兒，爸爸。我在等你的答案。

父親

哪一個問題的答案？

愛麗思

我可以自殺嗎，爸爸？

父親

為什麼要問我？假如你真打定主意，我能阻止得了你

嗎？阻止得了你固執的心意嗎？

（前半舞臺的燈光開始變暗。）

愛麗思
可以，或許可以。也可能阻止不了。

（只有舞臺後緣——鞦韆上的愛麗思——被打亮。）

父親的聲音
我給了你生命。我必須贊成生命。

愛麗思
媽媽給了我生命。

父親
如果我是媽媽，會對事情有幫助嗎？

（燈亮。父親現在穿了一件洋裝。）

再問我一次。問你媽媽。

愛麗思
爸爸，我可以自殺嗎？

父親

生下你的媽媽說不行。

愛麗思

那我爸爸呢？

父親

你爸爸說你一定要做你自己想要做的事。

愛麗思

（夢囈般）想要。想要……

（她在鞦韆上盪著，沒有人幫著推。）

父親

我只要求一件事。做法溫和一點。才不會讓那些還活著的人太傷心……

愛麗思

有沒有一個洞可以讓我掉進去？我是不是得先睡著？

（音樂聲揚起。她將自己往後盪，掉入MI和MII的臂膀裡。全暗。）

第四場

　　愛麗思的臥房，以不同於第二場的角度（最好是相
反的角度）所看到的同一場景。睡著了的愛麗思，身上
蓋著跟正常人一樣多的被子。哈利坐在床邊，握著她的
手；他看起來年齡接近五十，體型肥胖，穿著一件土耳
其式的長袍。護士小姐站在靠門口的地方。

護士小姐
她很快就會醒來。你要來看她，讓她太興奮了。

哈利
可憐的小鴨子。

（愛麗思醒了，護士小姐躡足出場。）

愛麗思
喔，你到多久了？你該叫醒我的。

哈利
我才——

愛麗思
我睡覺的時候嘴巴是不是有張開？我有沒有把口水流到

枕頭上？

哈利
才剛到——

愛麗思
枕頭是濕的。（抓起他的手，把他拉靠向她）你摸，摸
這枕頭。我流口水了，我真噁心。

（哈利站起來。）

哈利
這也太可憐了吧。護士小姐！

愛麗思
不要，拜託不要，哈利，拜託不要。

哈利
那你就不要那麼歇斯底里。不要讓我覺得太悲慘。（坐
下）你保證？

愛麗思
我保證。

哈利
你要做一個讓你這個不長進的哥哥打心底疼愛的小妹

——頑皮、有趣、才華洋溢的小妹。

愛麗思

保證。看。

（她戴上了一頂紅色的毛線睡帽。哈利大笑。）

哈利

我親愛的小兔子，當她的貓頭鷹在外頭遭受飛箭流石襲擊的時候，她卻安穩地躲在自己的窩裡，她心裡一直都在想些什麼呢？

愛麗思

哈利，你覺得我到頭來會變成這個樣子是什麼緣故？可別告訴我是因為我太敏感的關係。

哈利

怎麼會。（親切地）我想是因為你太聰明的關係。

愛麗思

我覺得我一點也不聰明，這是真話。如果你想聽真話的話。

哈利

啊，小老鼠。你錯了你。或許你是我們所有人裏面最聰明的一個。

愛麗思
不要笑我。不要叫我老鼠。

哈利
我沒有。

愛麗思
不要一副假恩假義的樣子。

哈利
我沒有,親愛的甜心。

愛麗思
你心裏明白你不覺得我比你聰明,哈利。

哈利
聰明不過是一種形式,一種屬於強度的,形式。而且,沒錯,我的甜心,跟你意志和性格上非比尋常的強度相比,我哪裡會是你的對手。如果你選擇住在所謂的真實的世界—— 一個永遠被高估的世界—— 那大概會引起巨大的現實生命難題。你多災多難的,可悲的——

愛麗思
可悲的?

哈利

「她可悲的健康狀況，以某一種方式來說，是她生命難題的唯一解決辦法——因為它抑制了對平等、對等這類事物的傷感。」

愛麗思

多可怕的話啊。為什麼平等、對等這些事情對我來說比對你更該是個問題？告訴我。你這是在說我嗎？

哈利

不是現在。這是我在你四十三歲過世以後兩年，說的話——

愛麗思

不要跟我說這些。

哈利

當然。

（他倚身向前撫摸她的臉頰。）

愛麗思

沒關係，沒關係，我不介意。我發現我比自己想像中更好奇一些。嗯，就讓我們徹底聊聊吧。我有沒有，我的意思是，我會不會去，自殺——時態的差別②有奇妙的重要性，不是嗎？

哈利

你不應該結束自己的生命。

愛麗思

說出所有那些話，我應該感到慚愧。

哈利

（露出溫柔的微笑）是啊。

愛麗思

所以我並沒有自殺。而且我將會罹患一種真正的病——從你謹慎的口風得來的結論。比這種煩人的神經衰弱症要好得多。我從來不太敢把自己比作伊莉莎白·芭芮③，因為我不覺得自己是一個文學才女或是熱情的救世者。（停頓）癌症。

哈利

唉。

愛麗思

很痛苦，據說。

---

②此句原文"Do I，I mean will I，tenses are strangely potent aren't they，commit suicide."牽涉英文同一動詞的不同時態表述，文意差別不小，但礙於中文動詞無時態變化，故難以譯出原作文字遊戲的趣味，此處僅就字句表面的大義處理。

③Elizabeth Barrett，1806-1861，英國女詩人。

哈利

別胡思亂想了，親愛的。你有令人敬佩的精神、勇氣，
你不可能會失敗的。

愛麗思

爸爸是不是也認為我可悲的健康狀況，就像你說的，是
個不錯的解決辦法。

哈利

像我將來說的。

愛麗思

他是不是也這樣認為？一個不錯的解決辦法。是不是？

（她打翻了床頭櫃上的酒精燈。）

哈利

我怎麼知道，親愛的？爸爸已經死了。我從來沒有在他
身上看到過我們這種悲觀的特質。

（他搖鈴。）

你知道爸爸就是個天生的樂觀主義者。是我們自己看事
情的時候烏雲罩頂。

（MI和MII進場。清除掉酒精燈。並在愛麗思身上加了

一張床墊。出場。）

愛麗思

我還沒真的累。

哈利

要不要我把你那聖女一樣的護士叫來？

愛麗思

不要，不要，不要又開始離開我。你答應過的。你有沒
有帶你新寫好的一些東西過來？跟我講講八卦好嗎？你
——

（他伸出手去碰觸她的額頭。）

哈利

可是你得先把鴉片酊④喝了。

愛麗思

好。它讓我作夢。

（他把瓶子和湯匙給她。她把藥吞下。）

---

④laudanum，溶於酒精中的鴉片製劑，有鎮痛，麻醉等藥
　效。

哈利，老實地回答我。

哈利

當然囉，親愛的，你不是我的寶貝小海龜嗎？

愛麗思

哈利，你到底有沒有用過，我想他們是說「吃」鴉片，可是大家不是用抽的嗎？現在可別撒謊。告訴我。

哈利

當然沒有。

愛麗思

從來沒有？連想都沒想過？哈利！哈利。看著我。看著你的愛麗思。

哈利

（大笑）好吧，我是有想過。可是沒抽過。從來沒有。我不像我們的溫姆⑤，那麼喜歡對他的神智作實驗。

愛麗思

我就會，如果我可以的話。

---

⑤Wim，應指他們兩人的兄弟William James，他是一位著名的心理學家暨倫理學家。

哈利

為什麼？

愛麗思

即使魚死了也還得繼續游下去啊。

哈利

我看不到什麼死掉的魚。我看到的是一條清澈的溪流，
一個全自動的灌溉水源，不會被懷疑的暗樁中斷或混濁
它悠遊自在的水流。

愛麗思

你在引用我的話。沒錯，親愛的老哥，你在引用我的
話。我不知道是該覺得不好意思呢，還是該覺得得意。

哈利

我不斷地告訴你：我是多麼地欣賞你的口才。

愛麗思

我投降。

哈利

可是你之前是多麼掙扎啊，我的甜心。你所謂的投降，
我會稱之為一種新的勝利：你啊，連你都可以讓那顆激
動的心平息下來。

愛麗思
投降。戰敗。

哈利
不是的。

愛麗思
精疲力竭。「長期連續的緊繃張力已經將除了平息之外的所有渴望都剷除了！塑型時期過後，由於長期習於屈從的緣故，現在已經可以適應所有的侷限。」

哈利
親愛的！

愛麗思
我控制不住。現在是我在引用我自己的話了。噢。

（哈利焦慮地四下張望。）

噢。噢。

（MI和MII迅速進場。又加了一張床墊。）

哈利
冷靜一點，親愛的。

愛麗思

做乖小孩是多麼令人厭煩啊。要是我能夠二十四小時不停地抓狂並且讓所有人都感到痛苦的話，那我會多麼，喔，敬佩我自己啊。

哈利

只有二十四小時嗎？

愛麗思

啊，相對於你們男人，我的想法，女人的想法，就顯得渺小了。你沒錯。是二十四年。（**大笑**）二十四輩子。

哈利

試試看啊。或許你沒有你想的那麼乖。或許你讓我們都滿常覺得痛苦的。

愛麗思

沒錯，或許我並不乖。只是笨。現在爸爸不在了而且雖然我住在一個房間裡可是與其說我們住在那裡不如說我們住在這裡而且你對我這麼好你來看我的時候我就可以見到你而且我得倚賴護士小姐給我精神刺激，好吧，對於我越來越笨這件事還有什麼好驚訝的？每當我心中充滿可以賜給我領悟力和生命力的光芒時，那些偉大的想法就會產生，偉大的時刻就會到來，我會覺得自己已經解開了宇宙的謎，然後就到了催吐或梳頭或換床單的時候。或是加上這些床墊……我想我已經到過某個特殊的

高峰，從那裡看下去，一切都清楚明白，而且它其實只是我無數「發作」方式中的一種，爸爸老這麼形容。

哈利

讓我幫你移開一張床墊。我自己一個人就可以辦到。

愛麗思

你太喘了，你需要多一點運動。聽我說，我已經毀了。現在的問題是怎麼結束。

哈利

我已經告訴過你結局了。我們不會再談這件事了。

愛麗思

我可以談我愛談的。它也可以有不同的結尾。或許我會死裡逃生。或許所有的事情都會在最後一刻發生變化。

哈利

你又固執起來了。

（起身）

別這樣。

愛麗思

我跟你講過我和爸爸的談話。那年我二十歲。

哈利

很多次。

愛麗思

我不是在徵求你的同意，哈利。你給過我這麼多。

哈利

我絕對不會像他那樣回答你。

（坐下）

你不需要顧慮我們會不會傷心。（強忍淚水）不用顧慮
我們。我想你比我們都值得活更久。只要你想要。

愛麗思

啊。想要⑥。之前有人對我說過。

哈利

這牽涉到自我尊重。

愛麗思

這可有需要。

---

⑥此處原文wanting，承接上一句「想要」的句意，但wanting
　本身又有「缺乏」之意，下下句即運用此意加以延伸。

哈利

你在玩文字遊戲，親愛的。

愛麗思

那是回答。沒有那麼拐彎抹角。

哈利

你小時候有快樂過嗎？我的意思是到什麼時候為止？你一定有快樂過。沒有誰是打一開始就絕望的。你一定有快樂過。為什麼我不記得了？（*淚流滿面*）我認識你一輩子了。

愛麗思

不對。是我認識你一輩子了，你比我大呀。哈利，拜託你不要哭。

哈利

（*擦乾淚眼*）我知道我沒辦法讓你去愛生命，或是不讓你把死這件事看得那麼理所當然。

愛麗思

別再說了。跟我講一些你自己的事。

哈利

到底是誰在安慰誰？

愛麗思

嗯，我是個女人，而安慰男人要他們寬心，是女人的天職，即使她人在床上—— 不管是那張床是病榻、臨終床，還是產檯—— 而男人躡手躡腳靠近這些地方的用意原本是想來安慰她，不是嗎？

哈利

多麼尖酸刻薄啊，妹妹。爸爸老是說你尖酸刻薄。

愛麗思

還沒有尖酸刻薄到不能嘲笑我自己。嘲笑你。甚至嘲笑爸爸……

（哈利作手勢要求增加一張床墊。）

沒錯，我很冷酷。

哈利

你現在看起來比較舒服了。你不可能再發作了。

愛麗思

你為什麼這麼胖？哈利。噢。誰說的？

哈利

睡吧，睡吧，親愛的。

愛麗思

還不要嘛。靠近一點，哈利。說個故事給我聽。跟我說
說外面的世界。我想跟著你一起笑，跟著你一起渴望，
跟著你一起沮喪，跟著你一起高高在上。我的天鵝。

哈利

我心愛的小女生。

（他倚身向前。音樂漸起。燈光以非常慢的速度變暗。）

第五場

　　陽台或是日光充足的房間。樹一般高大的植物。舖蓋白色桌布的長桌，布長及地。茶壺、拖盤、杯碟。數把上了白漆的藤椅聚集在桌子的一端。瑪格烈坐在其中的一隻椅子上，手上捧著一組杯碟在看書。她頭戴女帽，體型壯碩，樣貌平凡，卻別有魅力。另一把椅子裡坐的是昆德麗，腦袋低垂在睡覺。艾蜜莉——姿態嬌弱，穿著一件寬鬆的直筒洋裝——進場。

艾蜜莉

瑪格烈。不用站起來。

瑪格烈

我們早到了嗎？

艾蜜莉

溫柔總是準時出現。

瑪格烈

我想我是來早了。或許你是準時的。

艾蜜莉

等待是一聲拉長的招呼。

瑪格烈

她的茶應該是加檸檬。我的是加牛奶。我是不是該給你
來點什麼？可是我又覺得自己不應該越俎代庖。

艾蜜莉

（盯著昆德麗看）她會醒來嗎？

瑪格烈

取決於我們。視需要而定。

艾蜜莉

我希望還能有些其他人。

瑪格烈

我真的想幫忙。我想我能夠幫得上忙。

艾蜜莉

需要就像是一朵花，而我已經準備好要我的花朵笑臉迎
人。

（瑪格烈，把書擱在膝上，啜起茶來。書掉落到地上；
艾蜜莉傾前把書撿還給她。）

瑪格烈

Grazie。⑦

艾蜜莉

不然誰撿？

瑪格烈

你為什麼還希望有其他人？我倒覺得我們人已經夠了。

艾蜜莉

我永遠唯你是從。

瑪格烈

喔，拜託。別跟我說你覺得怕我。

艾蜜莉

是啊。可是我從抗拒恐懼裡得到非常大的樂趣呢！

瑪格烈

就我所知，我們的恐懼我們的哀傷都不是這裡的重點。

（愛麗思被MI和MII抬進場。）

啊，我們的小女生來了。

（愛麗思被放下在桌子尾端的椅子上；她的腿上蓋著一條渦紋圖案的毛呢披巾。瑪格烈把自己的椅子向她拉近

---

⑦義大利文「謝謝」之意。

一些。）

愛麗思，艾蜜莉說她怕單獨跟我在一起。有人跟你說這
種話的時候，你不覺得很氣嗎？

愛麗思
我確定艾蜜莉的意思是要讚美你。

艾蜜莉
我沒那麼說。但我承認。可是那又另當別論。

瑪格烈
（對愛麗思說）當人家跟你說那種話的時候，你不會有
所保留嗎？

愛麗思
多美好的一天啊。要是有人對我說這種話，就算是反
常。

瑪格烈
亂說。當然有人跟你說過這種話，而且對象就是指你。
你等於遭到暗算。要嘛，你就把它當作一種讚美，然後
不管內心願不願意，就騎到你的奉承者身上。不然，你
就要開始向對方再三保證，要他放心，其實是在卑躬屈
膝。

（艾蜜莉朝門的方向走去。）

艾蜜莉，你去哪兒？

愛麗思
艾蜜莉。

艾蜜莉
我帶了花。我真的帶了。等我一下。

（她出場。）

瑪格烈
你想我惹她生氣了嗎？實在是很抱歉。有時候我就是太
過衝動，沒辦法冷靜分析當刻發生在我心裡的事。我按
照本性行事。這世界真糟糕。一個女人以相貌平凡而非
其它的特點聞名，實在令人難以接受。

愛麗思
你可以跟我抱怨。說吧。

瑪格烈
如果我惹她生氣了，我很抱歉。

愛麗思
她會回來的，她答應過的。我們利用這個時候單獨聊聊

吧。我真的很佩服你那時有勇氣活下去、寫下去、充滿
熱情、四處闖蕩。我真的很佩服你。

瑪格烈

我原本讓大家覺得難堪。然後我死了，讓很多人鬆了一
口氣。

愛麗思

我是讓自己覺得難堪。（大笑）你那時是想活下去的。
要把你制伏可得花上很大的功夫。那是很強勁的水流。

（瑪格烈嘆了口氣。）

抱歉。我不是故意要用這麼輕鬆的語調來提你的往事。
我太常想到死這件事了，死是這麼熟悉、這麼有安撫力
量的一種想法，我忘了當你在外頭闖蕩的時候它是多麼
沈重的一件事。（停頓）我像飄在空中，需要被拉到地
面來。

瑪格烈

那是個可怕的結局。我想要救我的小娃娃。我們就在離
岸邊不到一百碼的地方淹死了。

愛麗思

原諒我。我不應該批評人家的事。

瑪格烈

我會，一有機會我就批評。

（她看著昆德麗。）

我真覺得她一直在睡很不禮貌。不過我也盡量試著去同情她。

愛麗思

我們不要叫醒她。我最喜歡的聚會人數是兩個人。而且我們不要難過。我想聽到一個更愉快的結論。

瑪格烈

你想喝點茶嗎？我想我是這裡唯一一個還講規矩的。

愛麗思

加檸檬。

瑪格烈

我就知道你會要這個。我跟艾蜜莉說我喜歡在茶裡加奶，可是你——

（看看茶壺裡。）

可是裡面一點茶也沒有了而且也不應該由我來奉茶因為我不是而且也不想變成女主人。

（昆德麗抬起頭——她衣衫不整，頭髮凌亂，之類的
——而且好像仍在睡夢中似地開口說話。）

昆德麗
與其說我是因為睡著而痛苦，還不如說我是因為痛苦而
睡著。

愛麗思
昆德麗。

昆德麗
誰在叫我？

愛麗思
對你沒有惡意的人。

昆德麗
為什麼把我吵醒？我想睡覺。

（她又把頭趴回桌上；繼續睡。）

瑪格烈
我不是故意要打擊你的。

愛麗思

什麼？

瑪格烈
茶的事啊。真希望能有些茶。不過我想還輪不到我來抱歉或是奉茶。不然我們來哈一管如何？

愛麗思
好啊。好啊。正合我意。

（搖鈴。MI和MII推進來一打左右的床墊以及一小張滾輪桌几，上面放滿了抱括兩隻大型煙筒在內的吸食鴉片器具。微弱的《帕西法爾》音樂從外面傳來。）

我們不要等艾蜜莉了吧。這樣是不是有點壞？我不認為這一項癖好適合艾蜜莉。

（她們大笑。）

太放肆了。

（愛麗思向瑪格烈靠了過去，然後又忽然抽開身子。）

噢，我想寧可平庸一點。我現在背叛了她或是我自己或是哪個人。喔。我想跟這個人說話嗎？

瑪格烈

沒錯。你想對我說。

（MI和MII放了兩疊各三張的床墊在地上，其餘的則擱在一旁。）

不需要有才華，我想，也能活。

愛麗思
（依然激動）我在背叛我自己。

瑪格烈
（語調冰冷）變成兩面人多不方便啊。那種情況下，被背叛的恐怕可能就是自己。

（她停了一下，然後有所期待地看著愛麗思。）

愛麗思
（忽然放鬆下來）你說的沒錯，當然。我對自己太嚴格了。喔。（大笑）我還是兩個我，不是嗎？恐怕我從來沒有開派對或甚至參加派對的天分。

（MII掉了某樣東西，發出巨響。）

昆德麗
（抬起頭，眼睛仍然閉著）為什麼要把我吵醒？

（瑪格烈拍拍昆德麗的肩膀，並搖著頭望向愛麗思。）

瑪格烈

噢，這個遊魂。

愛麗思

從我參加派對的有限經驗裡——

瑪格烈

不要貶低自己。這是第一條守則。

愛麗思

我要說的是我不準備批評她沒禮貌。我替她感到很難過。

瑪格烈

她到頭來會覺得我們有趣的，我跟你打賭。

（MI和MII把抽著煙筒的瑪格烈及愛麗思放置到床墊上。音樂漸大。燈光變暗。）

愛麗思

我真喜歡躺下，你呢？

瑪格烈

（倦怠的聲音）我本來是很有活力的。（吸入一口煙）

可是現在感覺不像我自己。

愛麗思

（大笑）你看吧。你也是。有兩個你。你在用腦子想的
時候總會那樣。

瑪格烈

（夢幻般）不像我自己。我在適應我的狀態。

愛麗思

（嘆息著）我從沒看過羅馬。而現在我也永遠看不到
了。

瑪格烈

它就像你想像的一樣。那麼美。你有在想像嗎？

愛麗思

我猜你反對自殺。

瑪格烈

從來不覺得有必要。反正我們沒多久就要進墳墓了。

愛麗思

（坐起來）我們也不管昆德麗了。我相信跟我們一起躺
下來她會更舒服。

瑪格烈

就算是昆德麗,你會注意到,也不會去自殺的。

(愛麗思回來坐在床墊上;繼續吞雲吐霧。)

愛麗思

我需要過別人的建議。需要跟一個我能夠尊敬的女人要
建議。我之前一向跟男人要建議。

瑪格烈

人們老是給我建議,說是為了我好。事實上,他們是不
希望我讓他們難堪。

愛麗思

一點兒不錯。

(他們大笑。)

我沒有姊妹。

瑪格烈

女人絕望的理由因人而異。我觀察過這件事。我們可以
非常有韌性。

愛麗思

我不知道該贊成還是反對。

（她坐起來補充煙料。）

我在一個轉捩點上。（吸進一口煙）你想艾蜜莉會回來嗎？你想昆德麗會醒來嗎？我發現我以前還蠻喜歡派對的。或許現在沒有那麼喜歡了。

瑪格烈
思考沒有幫助嗎？我過去一直覺得那樣有幫助。

愛麗思
思考？

瑪格烈
不快樂可能只是一個錯誤。一個心智上的錯誤，一個你還可以修正的錯誤。

愛麗思
收回我已經跨出的腳步。噢，可是我走不動。（越來越激動）你看我走不動。

（撞翻她的煙筒。）

我有一種非常奇怪的感覺。是這個嗎？你不覺得奇怪嗎？

（海浪的聲音。）

瑪格烈

我是不夠敏感啦。假如我夠敏感多好。（嘆氣）可是我就是太過實際。

（起身。）

我的腳向來踏在地上。（大笑）假如它們沒有在水裡的話。

愛麗思

我必須冷靜下來。幫幫我。

瑪格烈

好。你越來越激動了。

愛麗思

我一定得靜下來。我是在某個十一月坐船橫越大西洋的。海面風平浪靜，可是我沒出過船艙一步。輪船出航不久，我就出現了爸爸稱之為精神崩潰的症狀。我沒出過船艙一步，蘿琳小姐一直跟在我身邊。哈利到利物浦來接我們。我被兩名強壯的水手抬上岸，然後在當地的一家飯店裡休養了一個禮拜，在一邊照顧我的除了哈利帶來的一個僕人外，還有蘿琳小姐和一位護士。之後哈利帶我到倫敦並把我安置在皮卡迪里附近離他住處不遠

的一個地方。

瑪格烈

你橫越大西洋，其間沒出過船艙一步？

愛麗思

臥病在床。

瑪格烈

海面很，沒有，海面——

愛麗思

很平靜。

瑪格烈

你不想看看外面？

愛麗思

不要責怪我。

（燈光起了變化。艾蜜莉帶著花朵進場。她把花分送給
她們。）

你丟下我們不管，艾蜜莉。讓我們等你，這不太公平
吧。

艾蜜莉

痛苦後應該要留白。

愛麗思

我本來真以為這是你們為我開的一個派對。所以我誤以
為我至少可以有——

（她看見艾蜜莉伸手到桌上端起茶壺。）

你知道沒有茶了。

（艾蜜莉給自己倒了一些茶，並站在那兒小口啜飲起
來。）

瑪格烈

（對愛麗思說）我開始為你擔心了，真的開始擔心了。

愛麗思

什麼意思？

（艾蜜莉端莊地坐在一張床墊上。）

瑪格烈

我真的質疑其中的必要性，我想我指的是智慧，不過當
然到頭來那是常識的問題，當——也一起問艾蜜莉好
了，當你——

愛麗思

你對艾蜜莉有什麼不滿，瑪格烈？（對艾蜜莉說）你不
介意我要瑪格烈說出她是什麼意思吧？

艾蜜莉

不介意。

愛麗思

就直說吧。

瑪格烈

我一向如此。不過現在我不確定了——

愛麗思

拜託別這樣。

艾蜜莉

是啊。

瑪格烈

（稍停片刻）我認為，你沒有，給生命一個機會。

愛麗思

因為我邀了艾蜜莉？

艾蜜莉

人不可能一直想著死這件事，就像人不能一直盯著太陽看一樣。我認為這是偏見。

瑪格烈
你喜歡那調調，對不對？

愛麗思
（對瑪格烈說）我想是吧。（對艾蜜莉說）我想你對死亡的興趣比我對死亡的興趣有趣。

瑪格烈
我還以為我們是來這兒討論生命的。

艾蜜莉
生命是外衣，死亡是內襯的絲邊。我是說詩篇。

愛麗思
我記得我媽媽死的時候——

（母親進場；一身白色妝扮。穿著白色的長外套，拿著白色的傘，戴著白色的手套。）

噢，天哪。我沒有邀請她啊。我從來沒有邀請她。

（母親向桌子的方向移動。）

瑪格烈

愛麗思。

艾蜜莉

愛麗思。

昆德麗

（抬起頭，雙眼仍然閉著）誰在叫？

愛麗思

（神情恐懼）她要留下來，那我們就不能繼續說下去了。

瑪格烈

你可以繼續說。

（移步站到愛麗思身旁，作勢保護她。）

艾蜜莉

你說啊。

愛麗思

我要假裝我不在乎。或許這樣她就會走開了。

母親

噢，你可憐的媽媽。

（站在昆德麗隔壁座椅的後面，昆德麗的頭趴在桌上。）

愛麗思
（用氣音細聲說話）那是我媽媽。她也死了。

瑪格烈
你沒有邀她來？

愛麗思
（用氣音細聲說話）當然沒有。（稍作停頓）媽。

母親
噢，你可憐的媽媽。

愛麗思
媽，坐嘛。（對著瑪格烈和艾蜜莉用氣音細聲說話）現
在我必須邀請她了。不然就太不禮貌了。

母親
不能說我在注意看，可是我也不能假裝沒看見啊。

瑪格烈
（大聲用氣音說話）她在說什麼啊？

愛麗思

說我吧。我猜。（對著母親說）請坐。（對著瑪格烈和
艾蜜莉說）你們懂吧。我現在開始說的都不算數。（停
頓）她老是令人不解。

（母親打算坐下，擠到了昆德麗，昆德麗發聲抱怨，並
出手亂揮；不讓她坐下。）

昆德麗

這是什麼日子？什麼年頭啊？她竟敢這樣對我。

瑪格烈

你就不能把它翻過來？把它給倒進一個洞裡。把它往兩
側翻。然後讓所有那些令人難以忍受的憂煩像奶凍一樣
從盤裡滑落。

母親

不能說我有多稱職，但也不算表現得太差。

（她停止和昆德麗爭奪椅子。打開傘。向上看。）

昆德麗

這張桌子已經擠不下了。

母親

我從來沒有堅持一定要怎樣。

（母親出場。）

昆德麗
（雙眼仍舊閉著）我想昆德麗救了你。

（前後搖晃。）

瑪格烈
一個折磨人的幽魂。

愛麗思
我記得我媽死的時候，我最小的哥哥說我們全都被爸爸洗腦，把死亡當做唯一的真象，認為生命只是一個實驗的過程。

瑪格烈
一個實驗。一個實驗。一個實驗。

愛麗思
你在取笑我嗎？

（瑪格烈嘆息，搖頭。）

昆德麗
（依舊搖晃著）要救任何人都很難。可是那又是我們唯一渴望想做的。

愛麗思

他說，我哥哥說，我們覺得我們跟她比之前任何一刻都來的更親近，只因為她已經去到了我們都願意欣然前往的目的地。

艾蜜莉

「欣然」是一個可愛、致命的字眼。

愛麗思

他說，我最小的哥哥在我們母親死了以後說：「這之前的兩個禮拜是我到目前為止最快樂的日子。」

（望著瑪格烈和艾蜜莉，然後開始大笑。）

沒錯，很瘋狂，是不是？可是你們可以看出，那對我們來說有多困難。爸爸的標準很高。我們不應該，嗯，像其他人一樣。

瑪格烈

活。活。活。我也曾經活過，而且啊，我並不覺得有那麼困難。我走到外頭的甲板上。沒有什麼能阻止我站在甲板上、去感覺風吹在臉上和風灌進衣服裡的經驗。

艾蜜莉

我從來沒有坐過船。

昆德麗

（依舊搖晃著）我的馬。我的雙腿。

瑪格烈

（用和善地語氣對艾蜜莉說）我知道這對你來說起不了什麼作用。可是我想——至少我說過，我真的說過——沒見過羅馬的人就不算活過。

愛麗思

啊，旅行。

昆德麗

（搖晃著）教皇。他能夠為人祈福，可是他能夠讓人升天堂嗎？他能夠讓人下地獄嗎？不能。

艾蜜莉

那是規模的問題。對我來說，穿越村莊小路都是一種冒險。

（梅塔進場。長長的白洋裝，雪紡面紗，娃娃翅膀，綴有小花的頭巾，等等。類似回教托缽僧的旋扭步伐。《吉賽兒》裡的選曲。）

愛麗思

我有邀請她嗎？這是誰？這不是——啊，梅塔嗎？來，加入我們。

（梅塔停了下來。）

怎麼了？

梅塔
我不太想躺下。

瑪格烈
沒有人強迫你。

愛麗思
你想站著嗎？

梅塔
事實上，我是不可以躺下來的。

（又重新開始扭轉。）

在森林裡。在林間空地上。我住在森林裡。那是墳墓所
在的地方。他帶了花。

（又停了下來。）

多美的花啊。

瑪格烈

我們正在討論不快樂這件事。

（在昆德麗對面的桌邊坐下）

梅塔

（對愛麗思說）我想是有一個男人傷了你的心。

愛麗思

或許是我爸爸吧。

梅塔

我們可以殺了他。然後你就一定得自殺了。好美的花。

（又重新開始扭轉。）

愛麗思

我一向以為我會被一個男人壓垮。他會用一個枕頭蒙在我臉上。我以前曾經希望可以被一個男人壓在下面。可是然後我就可能動彈不得。

（艾蜜莉起身，然後幫忙把愛麗思扶了起來；瑪格烈也離開位子去幫忙。她們一起把愛麗思扶到她在桌邊的座椅。）

瑪格烈

我可以了解為什麼你不想要？你當然會有被綁住的感覺。這也好。那之後你就站起來了。

（MI和MII已然進場。MI在桌上放了一壺茶。）

梅塔

他彌補不過來的。你不該原諒他。

（MI和MII開始收拾，他們把煙筒和多數的床墊都移開。）

愛麗思

我還記得有一個叫朱立安（Julian）的年輕人。他那時候是個唸音樂的男學生，是我哥的一個朋友，我的意思是哈利的朋友。他老跟哈利混在一起。可是他喜歡我。我有陣子常會幻想我們一起去游泳的情景。我那時候常會幻想他的身體。

梅塔

花。報復。

艾蜜莉

那是一種迷人的渴望。

瑪格烈

我的想法是這樣的：去要你能夠要到的、你渴望得起的

東西，並且要對那件事完全清楚，然後為了那個目標拼命到底。

愛麗思
生命不只是有沒有勇氣的問題。

瑪格烈
可是它是啊。

艾蜜莉
（對愛麗思說）我想你已經滿勇敢了。

梅塔
你怎麼能忍受一直待在室內。在一個房間裡。

愛麗思
你不知道我閉上眼睛的時候都看到一些什麼嚇人的東西。我得等到死了才能不看到那些怪東西。

瑪格烈
我張開眼睛的時候才會看到可怕的東西。

梅塔
在一個房間裡。在一座墳墓裡。

昆德麗

（手越過桌面，顫抖地伸向愛麗思）把你的手給我。

愛麗思
你看到什麼？

（伸出她的手，昆德麗接了過來，把它舉向她的額前，親吻，然後又把它甩了回去。）

昆德麗
昆德麗看到的是最可怕的。最可怕的。我得被處罰。我的身體渴望——可是心裡不想要。它想要，它這麼大，我不能我不想要，是他想要，他讓我這麼做的，可是我想要，我先是想……

（又開始要入睡。）

首先我會要，如果他們肯讓我這麼做的話，當我不覺得……

愛麗思
可憐的傢伙。

昆德麗
（又醒了）為什麼我又被吵醒了？我想睡覺。

愛麗思

求求你，不要變得，嗯……瘋瘋癲顛的。我們對你沒有
什麼惡意。我們像姊妹一樣同情你悲慘的遭遇。

瑪格烈

多麼墮落啊。

艾蜜莉

我相信我的花朵不介意被我們的嘶吼聲摧殘得提早枯
萎。

昆德麗

你們為什麼要把我吵醒？

愛麗思

我告訴過你了。

（昆德麗不解地盯著她們看。）

瑪格烈

她告訴過你了。不過裏面可能有一個錯誤。

愛麗思

拜託不要生氣。如果你真的不想來，就不要來嘛。

艾蜜莉

又不是命令——那是她話裡的意思。不過倒像一陣亂風

吹來，令人招架不住。

昆德麗

噢，噢。

瑪格烈

這兒有張床墊。躺下。

愛麗思

你要什麼喝的或吃的嗎？我們之前沒問你是因為我們覺得你可能比較想——

（昆德麗非常激動。瑪格烈和艾蜜莉把她扶到一張床墊上躺下。）

艾蜜莉

讓她睡吧。

瑪格烈

這兒。喝點茶。

（昆德麗發出呻吟，拒絕喝茶。）

愛麗思

我，我們，不該打擾她的。

昆德麗

睡，睡……

（她睡了，或似乎睡了。）

瑪格烈

現在她再也沒有用了。

艾蜜莉

噓……

瑪格烈

這種睡法和她之前在桌上的睡法有差別嗎？我不明白我
們為什麼得輕聲細語？她不是睡得很熟嗎？我想。

愛麗思

對，她想醒的時候自然會醒來。

梅塔

我喜歡清醒。

（拾起花束，並伴隨它們起舞。）

昆德麗

（睜開眼睛）有一個答案。那是……

（她的眼睛又開始閉上；她努力振作了一下。）

有一個問題。

愛麗思
我們打算直截了當問你為什麼要睡覺？

昆德麗
因為我的身體很重。那個純真的小男生來了，我想染指他。讓他對我產生慾望。他也的確對我產生慾望，只是與其說他把我當做情人，不如說他把我當做他母親。不過，他終究還是，抗拒了我。所以，我覺得很丟臉。我掉到了一個深不見底的井裡——一個羞愧的井裡。我現在還在繼續往下掉。好累。想要通通忘掉。

梅塔
完全就是你的報應。男人把女人變成了妓女和天使——你怎麼能相信這種論調？你一點不尊敬自己嗎？

瑪格烈
我先生是個小男生，他跟我不一樣，他是個極度細膩的人。我跟他在一起覺得很有安全感。我們還有一個小孩。我想他會是一個非常優秀的父親，雖然這樣的事，或事實上任何事，都沒有辦法用推測得知。

艾蜜莉

我那時候待在家裡寫東西。哥哥在和人私通。我在一個藍色的房間裏。從我的窗子可以看到一片果園。他進來，嘴下留著山羊鬍。死亡。青蛙正在歌唱。它們如此悠閒度日。當隻青蛙多好啊！當最菁華的部份消失了，我想其它的事就不是很重要了。心會堅持它所要的，別的東西就不必在乎了。

昆德麗
我還在繼續往下掉。而且永遠到不了底。

艾蜜莉
人不願意正面迎向傷痛，寧可等事過境遷以後再來回顧。

昆德麗
睡……

愛麗思
她睡了嗎？

艾蜜莉
天明隨時可能降臨。

梅塔
她好像被下了藥一樣。我們可以讓她站起來。

（舉起茶壺，好像要往昆德麗身上澆一樣。）

愛麗思

噢，小心啊。

艾蜜莉

我們可以把她糾結的頭髮給梳開。

瑪格烈

她不是在睡覺，她是在躲避。

（瑪格烈和艾蜜莉把不情不願的梅塔拉過來一起幫忙，她們跪在昆德麗周圍，把她的手臂放好，腿拉直。）

梅塔

（對愛麗思說）你不覺得她讓你想跑一跑？一點也不會？

（站起來。用桌緣充當平衡桿，開始做起暖身運動。）

瑪格烈

是啊！

梅塔

你看，愛麗思，瑪格烈和我都贊成。（停頓）來。

（把手伸向愛麗思。）

愛麗思

（暴躁地）我看不出昆德麗偏好躺下這個姿勢跟我的有什麼關聯。

梅塔

我們是在談論「無助」這件事。我們引起了反彈。

艾蜜莉

一顆生病的心，就像一個身體，有些時候舒服，有些時候痛苦。

愛麗思

這就是你們的建議？可是不是跟大家說的都一樣嗎？他們叫我要下床。下床，他們說。（停頓）或者他們不再叫我要下床因為雖然他們還是希望我能做到，可是他們已經放棄去推測我到底會不會。

梅塔

我們不是那個意思。

愛麗思

還是同樣的答案。我很失望。

艾蜜莉

號令無踪,疑慮四起。

瑪格烈

我們投票表決好嗎?

愛麗思

你們真讓我想笑,你們所有人。我知道有人想試著用邏輯法則來解決問題。

梅塔

只要動一下,你就會發現,你原來不知道的力量。

(她又開始非常緩慢地扭轉。艾蜜莉還是坐在昆德麗身旁,弄著她的頭髮。瑪格烈則重新拾起書本。)

愛麗思

你們是要我跳舞?

艾蜜莉

你在動了。可是病人的前進速度就如同蝸牛一樣。

(昆德麗睜開眼睛,半坐起來。)

昆德麗

這是一個循環。沮喪—反抗—睡覺—和解。

梅塔

一個循環。只要動一下。

瑪格烈

這是一個顧問團。我們是到這兒來給你意見的。

愛麗思

意見。如果你們能帶給我安慰就夠了。如果你們能激發我想像就夠了。靠近一點。

（見她們猶豫不前。）

不過可不要以為我是在嫉妒你們關心昆德麗。近一點。小聲跟我說。跟我說你們知道的事。我覺得自己好渺小。

艾蜜莉

我所知道的也好渺小……

梅塔

真希望還能留下來……

瑪格烈

你已經知道你想知道的了……

昆德麗

睡覺……

（梅塔離去。）

愛麗思
噢，留下來嘛。

（轉向其他人。）

我讓她失望了。

（MI和MII帶著擔架進來把昆德麗抬走。）

瑪格烈
我要陪艾蜜莉走一段回去。異質相吸嘛。

愛麗思
那我跟誰相異？不要對我失望嘛。

瑪格烈
我們會再來的。

艾蜜莉
我們再通信。

愛麗思

我會在這兒。在我該待的地方。（大笑）你們知道哪兒可以找到我。噢，瑪格烈，只要我想到所有你曾經去過的地方，我就……而我竟然還待在我的窩裡不動。我曾經想問你羅馬的狀況。問你那些出土的古蹟的事。還有那些撼人心弦的奇景。再幾分鐘就好。艾蜜莉不會覺得無聊的。

（燈光漸暗。）

艾蜜莉。瑪格烈。

（全暗）

第六場

　　愛麗思，置身在被放大的臥房一角，因而顯得非常渺小。她坐在前台的一個兒童椅裡。後面只看得到半個超大的床，床上還有一個巨型的紅枕頭。

愛麗思
我的心。我能用我的心去旅行。用心想像，我可以人在羅馬，也就是瑪格烈住過的地方。哈利到過的地方。我把他們的書收到一邊。現在輪我上場。我走上街頭。那就是心的力量。我看到洗衣婦、宮殿。我聞到大蒜味、貧民區的柳橙皮味。我聽到附近修道院傳來的鐘聲。有人比劃叫賣著，努力想推銷什麼給你。小孩向你乞討。母親帶著小孩向你乞討。他們是專業乞丐，我猜。馬車衝過。不是衝過。我是要說隆隆作響經過。我會去看出土古蹟。還有很多東西有待挖掘。廢墟很美，我想。它們是那麼的——生動。你不覺得的嗎？還有那像著了火一樣的黃土牆，不可思議的日落景觀。我也會去看那個，我真的看見了。還有一些紀念建築。在我心裡。它應該是世界上最美的一個城市，雖然有些人說巴黎才是。有些人說威尼斯，不過威尼斯臭味太多，而且威尼斯讓所有人想到死亡。可是羅馬讓你想到死而再生，我人在羅馬的時候那樣的想法會出現在我心裡。在我的心裡，在那樣的美景裡。假如我真的把那樣的美景都看遍

了，我知道那會讓我非常高興。它會填滿我。我會把它
寫在我的日記裡，我會把它素描下來——沒錯，又添一
筆旅客對她的印象紀錄。我會非常謙虛。跟羅馬比起
來，我算得了什麼？是我去看羅馬，不是它來看我。它
不能移動。（停頓）在我心裡——這裡：在羅馬——我
知道我會喜歡羅馬。我真的喜歡它，它令人激動，當
我，在我心裡，在那兒旅行的時候覺得很興奮。這全都
是我的想像。可是然後我僅止於想像，沒錯。可是那就
是一顆心的作用。一顆心的力量。用我的心，我能夠看
見，我能夠把所有那些東西留在心底。所有人都說它是
那麼的美。我看過那些圖片，那些版畫。沒錯，匹藍尼
希[8]。我接到大家從羅馬寄來的信，告訴我他們有多快
樂。你們知道我所謂「大家」的意思：是指外國人。如
果我真的看到所有那些美麗的事物，我知道那會讓我很
快樂，可是我不知道要怎麼跟它們分手？什麼時候我才
看得夠？我會變得跟羅馬非常依依不捨，我會想永遠待
在那裡。我永遠看不夠。我會一直走在街上，走過廣
場，然後總還會出現另一條街道，另一個景觀。遠景，
柱廊。方尖碑。還有那些貓，無家可歸、目中無人的
貓。夜裡的暗影和酷熱的微風。哈利跟我說有個女孩晚
上跑到競技場，後來得了肺炎死掉了。一個人很危險
——不過她不是單獨一個人，她是跟一個男的一起去的
——可是我喜歡想像只有自己一個人，在我心裡我是一
個人在羅馬的，雖然一個女人獨自在羅馬到處遊蕩是會

⑧Giambattista Piranesi，1728-78，義大利建築師、版畫家。

遭到騷擾的；我可以一個人在那裡，刀槍不入，安全無虞——在我心裡，在羅馬。我獨自待在教堂裡，偷偷為自己祈禱。我想為自己祈禱，覺得那樣很好，可是我不希望被別人看到。不知道爸爸知道這件事會有多驚訝！像溫姆就不會。（停頓）你們知道我當然不是一個天主教徒——而且我敢自誇，我比較不迷信，包括對教宗所領導的這個宗教。（一陣冷笑）當然，我是在自誇。我心裡一定是塞滿了迷信。一些甚至我自己都不曉得的迷信。一些屬於這個新時代的迷信。不管我喜不喜歡我生活的這個時代，我都經由我的心跟它緊緊相連（停頓）這也是經由心的力量所知道的。這讓我跳出了自己。我可以非常巨大卻把自己看得非常渺小，而且那還是我；在我心裡。在這個新的醜陋的時代。它醜陋嗎？對。我沒辦法不那麼想，在我心裡。在我心裡我會是個勢利的傢伙嗎？在羅馬，我會像所有那些美國的觀光客一樣，在有貴族頭銜的義大利人面前就顯得自卑難安嗎？我會緬懷另一個羅馬嗎？現在之前的那一個，我所能唯一知道的那一個？假如我去到那兒的話，雖然目前為止還沒去成，即使當我來到了羅馬，一個缺乏這些相同情感的新人，我是不是還會認同過去？像瑪格烈和哈利一樣，認同的是一個不同的、田園詩裡所描寫的天主教羅馬。它無可喚回地過去了。或許吧。我們老是在尋找過去，尤其旅行的時候。而且我又是在心裡面旅行，而且這顆心就是過去，這顆心就是羅馬。而且這個時代，也在這顆心裡。我不會掉進歷史的深淵。我會緊抓著它的邊緣。因為我活在自己心裡（她開始搖動），那兒就像是

一艘船或一把椅子或一張床或一棵樹。或是一座吊橋。
而且在心裡我也可以高高在上。在心裡可以找到一些觀
看世界的有利位置。可以縱覽所有羅馬或方或圓屋頂清
晰映在天際的景觀。我，從一個山丘，從我心裡，看見
那個景象，雖然羅馬不是一個適合從遠處眺望的城市，
除非是在一個人的心裡，像伊尼亞斯⑨一樣。不對，不
像伊尼亞斯，他並沒有真正看到什麼。他只是一頭栽了
進去。相反地，我能夠一覽無遺，在心裡。我被含在一
隻大鳥的嘴裡，飛越羅馬上空，羅馬急速越過我眼前：
台伯河以南、小山丘、噴泉，以及由披掛繁複玩具般大
小的馬匹所拖著的迷你馬車，意氣風發跑過炎熱的石板
路面。在羅馬，在我心裡，它底下有一個完整的世界：
座落在它下面的房廳、失蹤的地基、地板滿舖著馬賽克
的逝去的房間，彩色的小方磚在暗處嘶嘶作響，此外還
有數量最多的下水道。在心裡。我們沒有辦法看遍那兒
的所有東西。可是地面上可以看得到的卻有這麼多。在
羅馬不管你拐到哪兒都有另一個可觀的景象，另一面骯
髒的牆、所有那些你視而不見的東西：懸掛絲綢的牆
面、貴重的鋼琴、秘密的花園、石雕的怪獸。那麼多的
石頭；這個在我胸口如石頭般的硬塊。破碎的石頭，這
意味著破碎的文字。字母全做大寫。它們的作者自視甚
高，那是令你重要的緣故：心智的作品。誰蓋的、誰做

---

⑨Aeneas，維吉爾所著史詩《伊尼亞德》(*Aeneid*) 的主人
　翁，從特洛伊城逃至Latium——古時的羅馬附近，被認為
　是羅馬人的祖先。

的、誰贈與的、誰授勳的、誰長眠地底——我幾乎都能一一辨識出上面寫的。我的心裡也有拉丁文，是爸爸放進那兒的，就像他把它放進哥哥心裡一樣。他不能，他說，虐待我；虐待我的心智。他們創造某些事物、他們佔領某些事物、他們死去、他們仍然被記得。不過被記錯了，這就是記憶這回事。景象接踵而來，一個跟著一個：牆、方門、拱門，露台，另一個景象，另一種變化，但終究在同樣一個地方：那就是羅馬——在我心裡。我可以想到多遠就到多遠，我可以做我做不到的事，做我不應該做的事，在我心裡。有件事一直讓我覺得困擾，讓我覺得痛，有個捲髮的調皮男孩跟著我，他身穿著破衣服、手臂帶著傷口、上唇還淌著黃色的膿汁，他拉著我的裙子，伸手乞討，如果你給了一個人就該給所有人——這是大家給遊客的高見。那個小孩，他的大拇指有點問題，他還是伸著手，那個小孩一直佔據在我心裡，那不是一種我所過的生活，不是一種我知道的苦難，我怎麼能，怎麼敢，受苦？受那樣的苦？我要甩開那個小孩？還是給他我所有的東西？給他一枚溫暖的圓硬幣？所有我做的，在我心裡，都是錯的。然後他就消失不見了，因為我不知道拿他怎麼辦？能為他做什麼？在我心裡。留下一個痛。以及他那幼小扭曲發黑的大拇指，他把大拇指留在我心裡。我繼續移動，移動是多大的一種樂趣啊；在我心裡。而且當教堂的鐘聲響起，時間就到了，某些人的時刻到了，這比看錶要好。可是我不進門，雖然我收到了所有形式的邀請，或許那些邀請只是出於禮貌，於是我留在門外，在我心裡，留

在太陽底下，而且隨意漫步，我的腿像結實的木桿，我越過橋面，河水很淺，我看著低飛的黑鳥在日落的橋上沸熱翻飛，天使從他們所在的城堡高處向下注視。我精力充沛地走著，不管天候如何，永遠穿著合宜的服裝，並不會常常出現考驗，絕不會因為眼前景象宏偉而自覺渺小，因為那顆心可以自由調節伸縮，而且誰能說什麼才是對的尺寸？或是年齡？我多老？我不確定任何事物有多老多舊。羅馬以老舊聞名。我不確定任何東西的大小。我心裡沒有大小尺寸的差別。單一尺寸行遍天下。

（燈光漸暗）

第七場

　　另一個角度所看到的愛麗思臥房。夜晚的燈光。愛麗思已然入睡。

　　床上的愛麗思，打鼾，輾轉反側，然後又平靜下來。傳出通往陽台的門鎖被強行打開的聲音；或是讓門上的玻璃片被錐鋸割下，然後看到一隻手伸入由內開鎖。

　　一名十八歲左右，衣著寒酸的年輕男子把門推開。他的肩上扛著一綑繩子和一個帆布袋，手上則拿著提燈、一小袋工具，以及一個小型的氈布旅行提包。他盯著在床上睡覺的愛麗思望了很久；猶豫不前，又仔細傾聽她的呼吸，然後才進入室內，並放下手燈、脫掉鞋子。他躡手躡腳把一個綴飾華麗的帝國牌小座鐘放進布袋。洗劫書桌抽屜，將某樣物品放進氈布提包內；從五斗櫃最高層的抽屜裏，抓出了可能是一個別針和一串項鍊之類的首飾，把它們也放進了提包。這時他人背對著愛麗思。

　　愛麗思睜開了眼睛，盯他看了好一會兒才開口說話。

愛麗思
把鏡子拿走。

年輕男子

真他媽的衰。

（沒有轉身。讓他口操倫敦土話或讓他帶有愛爾蘭口音。）

愛麗思

鏡子在第二個抽屜。

（年輕男子掩耳。）

在那個抽屜。應該沒錯。

（他轉身。）

年輕男子

（暴怒）什麼狗屁鏡子？

愛麗思

啊，真實世界的聲音。我認識這個聲音。

年輕男子

（盯著她看）你瘋了。沒錯。是瘋了。

愛麗思

這就是你們的賊窩給我下的判決嗎？

年輕男子

他們跟我說你病了。說容易下手。

愛麗思

你不是很有經驗吧？聽起來像是個剛出道的菜鳥。

年輕男子

我真不敢相信這種事真他媽的發生了。

愛麗思

一種我幾乎天天都有的感受。

年輕男子

怎麼會變成這樣呢。

愛麗思

不要這麼死板嘛。只有極少事情是不可能的。你叫什麼
名字？

年輕男子

我跟我的一個同伴說，你一起來，我不太確定我辦得
到，要我一個人上去對我來說可能太難了，可是他說，
不行，湯米——

愛麗思

湯米。

年輕男子

你為什麼不大叫？

愛麗思

看起來我並不害怕。

年輕男子

叫人來幫你啊，叫啊。這不是在作夢，對不對？你有錢。你有佣人。有錢人可以愛怎樣就怎樣。你為什麼不叫？

愛麗思

你讓我覺得害怕。

（後台傳來腳步聲和人聲。年輕男子急忙藏到法式格子門的簾幕後──或是躲到床底下。愛麗思則往下滑進被子裡，閉上眼睛。房門打開：護士小姐和哈利走了進來。哈利身著晚禮服──白領帶，燕尾西裝。）

哈利

（小聲說話）我只是想看看怎麼……看看如果……看看情況……，看看是否──

護士小姐

她之前有一點靜不下來。今天幾乎沒吃什麼。早餐的時候吃了一點柳橙果醬。

哈利

我不想吵醒她。

愛麗思

（在床上翻滾，但眼睛依舊閉著。）沮喪。純真。噢。
音樂。哈利。

哈利

只是進來看看，親愛的。

愛麗思

（睜開眼睛）你在哪兒？我的意思是你去哪兒了？

哈利

看完戲以後——

護士小姐

就直接打道回府了，你這個愛胡思亂想的——

愛麗思

這不是真實的世界。感覺上我今天晚上相當寬宏大量。
（大笑）胸襟相當開闊。

哈利

我明天會再來。

護士小姐

我待會兒再進來看看。

（愛麗思嘆了一口氣。）

如果需要我，就搖鈴。

（他們離開。年輕男子從藏匿處現身。）

年輕男子

你為什麼要這樣做？我的意思是：你為什麼不告訴他們？

愛麗思

你嚇得冒汗了。

年輕男子

不是被嚇的。是那裡頭太熱。天啊，我同伴絕對不會相信有這種事。

（轉身要走，然後遲疑。）

愛麗思

我剛想要把鏡子送給你。

年輕男子

（轉過身來）那人是誰？

愛麗思
我哥哥。

年輕男子
我以為是你爸爸。

（愛麗思大笑。）

你沒有我想像得那麼老。

愛麗思
你從幾歲開始從事偷竊這行業？你們這一行裡女人不太多吧，我猜得對不對？

年輕男子
女人！

愛麗思
沒有女小偷嗎？

年輕男子
（嘲諷地笑著）女賊？怎麼可能？賊就是我這種角色囉。然後有一個把風的叫烏鴉，那也都是男的在做，他守在街上，看看有沒有條子或是可能在注意我們的人。

如果是大任務的話，就會加一隻金絲雀，那是一個負責帶工具的女人，然後有時候，她也會在街上把風，像烏鴉一樣，可是我沒看過女人爬牆去偷。那不可能。你什麼都不懂。

愛麗思

可是為什麼女人不能爬牆去偷？我就可以想像一個女人爬牆。在我的國家，在西部，女人又帶槍又騎馬又表演你們這個老派王國不太知道的武術。

年輕男子

真奇怪，你一直在講女人爬牆做小偷的事，可是你卻一直躺在床上不動。你沒有老公，對不對？

（愛麗思搖頭。）

你是身體不舒服，還是，你了解的，瘋了？聽起來你像是一定有病。

愛麗思

（如前，出神一般）沮喪。純真。噢。音樂。（緊接著，用一種正常的聲音說出）你叫什麼名字？

年輕男子

你的意思是你是假裝的，只是這樣而已。真的嗎？

愛麗思

不是啦，我是真的病了。我只是喜歡自嘲。我甚至沒辦法自己下床。

（她下床。年輕男子一臉震驚的表情。）

我嚇到你了嗎？

年輕男子

你是瘋了。

（愛麗思走到房間另一頭，捻亮一盞燈。）

如果你叫人來，我就得阻止你了。

愛麗思

可是我不怕你。我沒辦法。事實就是這樣。

（她朝他走過去。）

年輕男子

不要靠近我。

愛麗思

不要怕我。你為什麼不做你來這兒要做的事？

年輕男子

事情怎麼會變成這樣？

愛麗思

我猜這非常嚇人。

年輕男子

在我沒進來以前，人還在外面陽台的時候，我心臟非常不舒服，它猛敲我的胸口，在這裡面，敲得很厲害，然後我覺得頭暈而且想吐而且褲子都是尿，然後我的腳還踢到玻璃，我就對自己說：噓，噓，放輕鬆，小湯米，噓——然後我狠狠灌了一口，我有帶一小瓶提神，然後就輕易地把門撬開了，然後看到你在睡覺，你有一點點打鼾——

愛麗思

喔。

年輕男子

別這樣嘛，這不算什麼，你應該聽聽我媽的鼾聲。然後你就醒來了，壞了整件事。

愛麗思

瓶子裡裝的是什麼？

年輕男子

（大笑）琴酒⑩啊，不然會是什麼？你以為是茶啊？

愛麗思

我可以喝一些嗎？

年輕男子

當然可以，為什麼不可以？為什麼不可以？還有什麼瘋
狂的事你想做？

（從外衣裡面取出瓶子，交給愛麗思。她接過來，然後
開始喝。）

還來。

愛麗思

再等一下。你媽媽叫你小湯米嗎？

年輕男子

你怎麼知道的？

愛麗思

你有很多兄弟姊妹嗎？

---

⑩gin，又名「杜松子酒」，一種在十九世紀盛行的大眾廉價
　酒類。

（又喝了一些。）

年輕男子

我媽生了十七個，可是有些死了。只剩下我們十一個。
我要走了。（指著瓶子）現在還來。

愛麗思

現在你沒辦法完成任務了。

年輕男子

我不是來這裡跟你說話的。這不是一個說話的工作。
嘿，不要把它喝光了。

愛麗思

你不做了。現在你沒辦法繼續做下去了。

年輕男子

我沒那樣說。都是你在幫我說。我沒那樣說。

愛麗思

我有在阻止你嗎？現在我有做任何事阻止你嗎？

（他氣呼呼地瞪著她，神情猶豫。有一小會兒，他看起
來像是要毆打愛麗思。然後卻轉身走開。）

繼續吧，年輕人。

（年輕男子一面喃喃自語，一面重新開始行竊。他把一
個裝有珠寶的抽屜清光，將搜括的東西放進氈布提包
裡；之後又拿了一些披巾、小雕像和一小幅畫。他把偷
得的東西移往陽台，其間偶爾會暫停下來看看愛麗思
——她倚在鋼琴邊看著，態度冷靜，不時舉瓶喝上一
口。）

當然你不會指望我下去幫你吧。

（年輕男子猶豫了一下。）

那個也拿去。

（指指花瓶。）

年輕男子
那個沒有什麼價值。

愛麗思
對我很有價值。

年輕男子
你有沒有錢？

愛麗思

沒有錢，也沒有小湯匙。

年輕男子

我沒問你有沒有小湯匙。這是什麼？

（舉起了一個小盒子。）

愛麗思

一個金製的鉛筆盒。

年輕男子

竟然用金子裝你的鉛筆。

（把它放進他的提包裡。）

你是不是就打算站在那裡繼續看？

愛麗思

你的酒被我喝光了。它確實幫我提了神。

年輕男子

嗯，我沒辦法靠你這麼近做這件事。你以為我是誰？

（愛麗思慢慢走回床邊。）

進被窩裡去。

愛麗思

沒辦法。

年輕男子

一定要這麼辦。

愛麗思

你似乎不太欣賞我下床。

年輕男子

欣賞！天啊，這是一件用來欣賞的事嗎？

愛麗思

我不想躺上床。你是一個不速之客。我不能在這裡在一個陌生人面前躺上床。

年輕男子

一定要。上去。

愛麗思

你可以把床拿走。（大笑）拿走。

年輕男子

我不想要你的臭床。躺到床上去。瘋子！

愛麗思

我也一定不會要你的床。我以前有個周圍掛了布帘的木床，可是根據新近一點的理論，比起久不清洗的床單被子和圍掛的布帘，這種床的木頭質材更容易被指為臭蟲孳生的主因。這就是我現在用銅床的原因。

年輕男子
只有有錢人沒有臭蟲。不要跟我講那些木頭的事。

愛麗思
我並不是在說所有的木床。大家相信從牙買加進口的苦木（bitter wood）就不是很合臭蟲的胃口。

年輕男子
上去。

愛麗思
我會當你不存在一樣到處走動。

（年輕男子又開始查看其中一個抽屜，把鍍金的鏡子拉出來，然後舉直。）

如果你把那個拿走，我會感謝你為你祈禱。

年輕男子
可是這不值錢。木頭做的！

（把帆布袋和工具袋放到陽台上。）

愛麗思

有時候我會有一些很怪的想法。我的心會讓我覺得自己
很有力量。讓我變成一個主宰。可是我不想控制任何東
西。我只是待在我的窩裡。有時候覺得——

年輕男子

（從陽台回來）至少坐下來吧。

愛麗思

不要。

年輕男子

我要走了。

愛麗思

我不夠有趣，是不是？

年輕男子

那個大塊頭的女人會回來。

愛麗思

她不會。

年輕男子

太亮了。

（他把兩盞燈當中的一盞亮度調暗。）

愛麗思

我閉上眼睛就會看到可怕的東西。可是我死了以後就不會再看到它們了。

（年輕男子在打包劫得物品的時候，失手掉了朱比利（Jubilee）牌的雕花玻璃盤；它破在地上。）

噢，小心點。

年輕男子

（發出嘲笑聲，神情顯得有些緊張）我還以為你不在乎你的東西呢。我還以為你認為你自己已經超越了那種……

愛麗思

我的超脫境界。

年輕男子

有錢人！

愛麗思

我把大事看得非常小，小事看得非常大。我爸爸的腿。

他要傷害我了。這是一個獨裁的上流階層廟堂。

年輕男子
一個什麼？

愛麗思
世界上有這麼多可怕和美妙的事情在發生，可是我卻陷在混亂的自我裡，它痛苦，它限制我，它讓我變得渺小。

年輕男子
你要是在我的那個世界會一天都受不了的。

愛麗思
外面世界那麼大。我卻緊黏著我的床不放。可是我有要護士小姐把通往陽台的門打開，好讓我可以在床上聽到它的聲音。它的聲音迴盪在我的身體裡。有一次，一整家人，或是被認為是一家人的一些人，在我的窗子下方，吵架。有個女人的聲音劃破夜晚的寂靜，那是一種幾乎不像人發出的聲音，她不斷地用一個刺耳的聲音單調地說著「你是騙子。你是騙子。」話語裡間歇夾雜了一名男子的醉言醉語和一個像是被餵了酒的幼兒哭鬧聲——

年輕男子
幾乎不像人？幾乎不像人？

愛麗思

在精神上沒有厄運可以嚇到我。

年輕男子

幾乎不像人？那你是什麼？除了躺在這兒，什麼事都不用做？那就這麼像個人嗎？

愛麗思

是我表達得不好。

年輕男子

我不會再讓你挖苦我了。

愛麗思

我老得可以做你媽了。

年輕男子

不要再煩我了。

愛麗思

我知道我們是沒辦法變成朋友了。

年輕男子

朋友！朋友！到了末日審判的時候，我就可以跟你的同類變成朋友了。

（刺耳的口哨聲從外面傳來。他把提包關上。）

給我的暗號。幫我把風的烏鴉。他一定是發現了誰。

（收拾其它工具。）

當做你什麼都沒看到。我沒來過。

（彎身；把鞋穿上。）

你還是可以找條子來然後告訴他們我的長相然後讓他們
來抓我。你可以那樣做。你愛怎麼做怎麼做，對不對？

愛麗思
我最常做的就是不做任何事。這次還是一樣。你沒來
過。（大笑）而且這樣的事不會再發生第二次。你不會
再找到一個像我一樣樂於生來就沒有父親的人、一個像
我一樣溫和、一樣奇怪的人了。

（年輕男子猶豫不決地站著。）

年輕男子
很抱歉。

愛麗思
不用抱歉。

年輕男子

我不是禽獸，你知道。我也跟你一樣是個人。

愛麗思

現在你讓我覺得難過了。

年輕男子

很遺憾你有病，希望你早日康復，這是我剛剛想說的。

（口哨聲）

是他，我同伴。

愛麗思

烏鴉。

（年輕男子打開法式格子門。）

我還是認為你可以做點更有意義的事情來打發時間，打
發青春，打發你過盛的精力，打發你——

（門被用力關上：他走了。）

外面世界那麼大。

（愛麗思朝那扇門走過去，拉上門簾。全暗。）

第八場

　　愛麗思的臥房。除了床、角落的輪椅、鋼琴之外，四面徒壁。舞台後緣通往陽台的門扇已被拆除門簾，旁邊堆著高高一疊床墊。愛麗思穿著外出服（或蓋著一條有渦紋圖案的毛呢披巾）躺在床面上。護士小姐坐在鋼琴前：練音階。日落時分的燈色。

愛麗思
我真的有下床。

護士小姐
那非常的重要。

愛麗思
不要當我是個小孩一樣跟我說話。你的意思是「不重要」。

護士小姐
我的意思是，不重要。

愛麗思
重要——不重要——不重要——重要。

護士小姐

你真的有下床。

（她由練音階轉換成彈奏《帕西法爾》的音樂片段，然後回過來練音階。）

愛麗思

把燈調亮，趕走那些嚇人的影子。

護士小姐

你真的有下床。

愛麗思

就算我長大了——

護士小姐

就算你不再下床。

（護士小姐起身。）

愛麗思

我想變得大一點。這要求不算過分吧。你要陪我。

護士小姐

我會的。

（她坐進靠床附近的輪椅裡。）

愛麗思
你可以跟我講一個故事。我也會跟你講一個。

護士小姐
我會的。

愛麗思
去掉不幸的結尾。我們不講它們。

護士小姐
我會的。

愛麗思
我以前曾經是一個真正的人或者說不一樣的人。我試過。我覺得我好像要跌倒了。

護士小姐
我會接住你。

愛麗思
讓我睡著。讓我醒來。讓我睡著。

護士小姐
你會的。

（房間變得越來越亮。然後迅速全暗。）

幕落

劇作家的話*

　　假設莎士比亞有一個妹妹，一個才華洋溢的妹妹，一個寫作天賦像她哥哥一樣高超的妹妹。這是吳爾芙（Virginia Woolf）在她劃時代的論辯著作《自己的房間》（*A Room of One's Own*）裡要求我們去想像的。茱蒂思·莎士比亞（Judith Shakespeare）——吳爾芙為她所想像出的名字——是可能找到足以使她成為一位劇作家的內在力量呢？或是她的天賦更有可能長此保持沈默呢？沈默，不僅因為缺乏鼓勵。沈默，更因為女人被定義的方式，由是，她們也按照俗常的標準來定義自己。她們有義務要外表迷人要充滿耐性要餵養家人要溫柔馴服要細心敏銳要順從父輩（對兄弟、夫婿亦然）。但這些義務卻與自我中心、主動進取、漠視私慾這些特質相互牴觸且**必定**有所衝突——然而它們卻是令一個開闊、有創造力的天賦開花結果所需要的養分。

　　莎士比亞，就我們所知，是沒有姊妹的。但亨利·詹姆斯（Henry James），這位美國最偉大的小說家則有個妹妹，他是威廉·詹姆斯（William James）——美國最偉大的心理學家暨倫理學家——的兄弟，他這位妹妹雖然才華洋溢，但大家也知道她後來的結局。她在十九

---

*編按：劇作家為《床上的愛麗思》的德語版翻譯所寫，該
　劇於一九九一年九月在波昂的Schauspiel劇院舉行首演。

歲的時候曾陷入嚴重的沮喪，她曾鼓起勇氣想自我了結，她曾受困於種種削弱健康的不明疾病，她遠赴異鄉，她臥病在床，她開始寫日記，她在四十三歲的時候辭世……。

所以《床上的愛麗思》是一齣關於女人的戲，處理女人的痛苦與女人的自覺：一個根據愛麗思・詹姆斯（Alice James）這位真實人物的生平所衍生出的自由幻想。她是美國十九世紀一個傑出家庭裡五個小孩中的老么（而且是家中唯一一名女孩）。父親繼承了龐大的商家遺產，是宗教暨道德主題的知名作家。他是一個古怪、頑固的男人，十三歲的時候曾因意外丟了一條腿；子女們主要承教於他，而且幼時就數度跟隨他造訪歐洲。（毫不意外的是，他們的母親是一位溫和、覷䁥的女性，對家人的生命幾乎不具影響力。）據說當愛麗思・詹姆斯三十歲的時候，就已經讓父親知道她有自殺的念頭，她父親，在與她一番懇談後，竟予同意。她在一八八四年遷往兄長亨利（即「哈利」）所定居的英格蘭，之後就久臥病榻，直到七年半後死於乳癌。

或許再也沒有什麼能比姓名對一個人更具影響，且更為專制的了。

我劇中這位歷史人物的名字，愛麗思・詹姆斯，不可避免地呼應了十九世紀最有名的一位愛麗思，也就是路易斯・卡洛（Lewis Carroll）所著《愛麗思夢遊仙境》（Alice's Adventures in Wonderland）裡的主角。這兩個人物於是在我心裡合而為一：一個是不知如何發揮她的才華、創意、進取心，以致事業無成的女人——一種極為

普遍的事實；一個是維多莉亞時期的小女孩——一個虛構人物，她藉著夢的形式（由十九世紀完全合法且廣泛被運用的藥品鴉片所刺激產生的典型），發現了成人的專制世界，從夢裡身軀規模大小的任意改變，可以窺見她感覺上的變化與困惑。

而一旦愛麗思・詹姆斯，我筆下的愛麗思・詹姆斯，與《愛麗思夢遊仙境》裡的愛麗思融為一體，我就知道我可以寫進一場茶宴的戲——靈感源自（雖然相當不同於）路易斯・卡洛該書最著名的一章：「瘋狂午茶」。

在我的瘋狂茶宴裡，為了安慰愛麗思及給她建議，我喚來了兩位美國十九世紀作家的鬼魂。一位是艾蜜莉・狄金森，一個天才。她終其一生為家人料理家務，做了深居簡出的老小姐——這就是她對待自己驚人原創才華的方式。狄金森計有超過一千七百首的詩作，在世時得到發表的只有不到十來首。

另外一位從墳裡被召出來的作家則是瑪格烈・弗勒，她是美國第一位重要的女性文人，她寫過一篇歌德研究以及一本在當時飽受惡名困擾的女性主義原型論述：《十九世紀女性》（_Woman in the Nineteenth Century_）。她和她的年輕義籍夫婿以及他們的幼兒，在從她客居數年的義大利搭船返回美國途中溺斃身亡，該艘船隻當時遭暴風雨襲擊沈沒在紐約火島（Fire Island）外一百碼左右處。

我還在我的茶宴中，召來了兩位十九世紀舞臺上的憤怒女性典型：一位是《吉賽兒》第二幕中威利斯國的

皇后梅塔。威利斯國是由一群在情感上遭到背叛的年輕女子所組成，她們在成婚之前便已然死去；另一位是由歌劇《帕西法爾》中喚來的昆德麗：我的睡鼠兒（Dormouse），一位痛苦不堪、滿腹罪疚、一心只想入睡的女性。

接在稍嫌擁擠的茶宴後是一段獨白。愛麗思，在心裡，必須去羅馬一趟——這是她哥哥哈利常去以及瑪格烈‧弗勒住過的地方。在那兒，她不僅想像了她的自由，還想像了過往歷史的重量，以及來自於她所在特權世界之外的乞求——那是由一個手指傷殘的孩童所呈現出的悲慘景象。

當這位女病人的臥房被一名年輕夜賊闖入時，她才真正與外在世界的代表交上了手，中產階級才會有的心病，在那個世界很難想像。這個情節把劇情推至了高潮。

當然，這齣戲是虛構的，捏造的成分居多。

我在一九九〇年一月花了兩個星期寫下了《床上的愛麗思》，但早在十年之前就已經把它從頭到尾構思完成。當時我人在羅馬導演一齣皮藍德婁的晚期劇作：《悉聽君願》（As You Desire Me）——這是另一齣關於無助，或假裝無助又絕望女性的戲。

我想我這一輩子都在準備下筆《床上的愛麗思》。

一開始，想講的是女人的悲傷與憤怒；到頭來，主題卻轉為想像這件事。

精神監禁的現實。心靈想像的勝利。

然而單單只有想像獲勝是不夠的。

編者簡介

鴻　鴻

　　詩人，劇場及電影編導。本名閻鴻亞，一九六四年生
於台南。國立藝術學院戲劇系畢業。曾任《表演藝術雜
誌》、《現代詩》主編，現為密獵者劇團策劃、導演。曾
獲時報文學獎及聯合報文學獎新詩首獎，及時報文學獎小
說評審獎。著有詩集《與我無關的東西》、《在旅行中回
憶上一次旅行》、《黑暗中的音樂》，散文《可行走的房子
可吃的船》，小說《一尾寫小說的魚》，劇評集《跳舞之
後‧天亮以前：1987-1996 台灣劇場筆記》，舞台劇本《如
果在冬夜一個旅人》等。曾擔任《危險關係四重奏》、
《巫山雲（靠左行駛）》、《跳房子》等十餘齣劇場、歌劇
舞蹈之導演，電影導演作品有《3 橘之戀》、《人間喜
劇》、《空中花園》。

譯者簡介

黃翠華

　　一九六五年出生於台北，台灣大學外文系畢業。曾任報社編輯、記者、台北金馬國際影展策劃、皇冠出版社英文主編，現為自由譯者。譯有《柯波拉其人其夢》、《夢是唯一的現實——費里尼自傳》、《動向飛靶》、《色情戲劇》(《危險關係四重奏》一劇) 等書。

唐山出版社
━━當代經典劇作譯叢━━